鏑木ハルカ
画 和狸ナオ
ドラゴンズロアの
魔法使い
竜に育てられた女の子
2
Wizard of
Dragon's
Roar

「う、うん！」
リタ

騎士団の練兵場で猛特訓！
リタもめきめき
強くなります!!
ウィーザン
アベル王子

ティスピン、
トンデモ泳法爆誕!?
オース大陸基準は
やっぱり最強!!
?!

滅界邪竜レクストラキア、顕現!
海水浴を邪魔するものには
容赦なし!!

CONTENTS

Wizard of Dragon's Roar

Presented by
Haruka Kaburagi &
Nao Watanuki

ドラゴンズロアの魔法使い2
～竜に育てられた女の子～

鏑木ハルカ

GA文庫

キャラクター紹介
スピカ
危険なドラゴンであるラキを監視するドラゴン。彼と共にティスピンを育てた。
ラキ
捨て子だったティスピンを育てたドラゴン。ティスピンに対してかなり過保護。
ティスピン
辺境大陸でドラゴンに拾われて育った女の子。精霊魔術を習得するため人間の街へやってきた。育ての親の英才教育の賜物で、常識外れの戦闘力を持っている。
[イラスト] 和狸ナオ
Wizard of Dragon's Roar

✦リタ✦

ティスピンの通う学校でできた友だち。三人のなかで一番背が高い。

✦エミリー✦

ティスピンが街で最初に友だちになった女の子。彼女の強さにびっくり。

✦ゴエティア✦

火の精霊王。ティスピンに返り討ちにあい従属している。

✦コロン✦

ティスピンの通う学校の先生。生徒より背が低い可愛い先生。

✦アベル✦

ティタニア王国の王子。8歳。救済部隊に同行して街にやってきた。

✦ディア✦

ティスピンが街で出会った謎の占い師。その正体は創造神グローディア。

序章1 ✦ それはある日の出来事

ティスピンの訓練を始めてしばらくした頃《ころ》。

彼女の能力も順調に成長していき、そこらの魔獣では敵《かな》わないようになっていた。

「うむ、だいぶ強くなってきたな」

「えへへ、この間覚えた竜気纏粧《ドラゴノート》がすごく役に立っちゃって」

ティスピンは最近になってようやく竜語魔法《ドラゴンズロア》を使えるようになっていた。

その能力の高さを利用して、そこそこ強い魔獣を狩らせてみたのだが、難なくこれを倒してみせていた。

それでも多少の苦戦はあったらしく、身体《からだ》の各所に細かな傷があった。

「怪我《けが》をしたのか？」

「うん、ちょっとだけ油断しちゃった」

一見何事もなく戻ってきたように見えなくもないティスピンだったが、目立たぬところに掠《かす》り傷やあざができていた。

白い肌に赤い傷や青あざが目立って、ずいぶんと痛々しく見える。

ラキは服をめくって身体中の傷を確かめてみたところ、後遺症や傷痕が残るような大きなものはないようで、安心する。

「大きな怪我はないみたいだな」

「うん、掠り傷だけ。足場が悪くって、ちょっと避け損ねちゃった」

怪我したことが恥ずかしかったのか、少し照れ気味にティスピンは報告する。

だが、ラキはむしろ怪我が少ないことに驚いていた。

今回討伐させた魔獣は、もう少し大きな傷ができてもおかしくないと考えていたからだ。

「おまえのその……竜気纏粧《ドラゴノート》と言ったたか？　随分と強化率が高いみたいだな」

「そうかな？　でもラキには全然敵わないよ？」

「当たり前だ」

カクンと首を傾《かし》げるティスピンに、ドヤ顔のままラキは胸を張る。

当たり前と言いつつも、ティスピンに強いと褒《ほ》められたことがうれしかったらしい。

「ティスピン、いるー？」

そこへ足取り軽く、スピカがやってきた。

手には人間の街で手に入れたであろう古着が大量に抱えられている。

当初はラキの情操教育と言いつつティスピンを養育し始めたのに、一番子育てを楽しんでいるのは彼女かもしれなかった。

そんな彼女が現在のティスピンを見ればどうなるか？

「ちょっと、なによその姿⁉」

スピカが悲鳴を上げたのも当然の話で、現在のティスピンは魔獣の返り血で血塗《ちまみ》れ、身体もあちこちに擦り傷ができている。

手に持った山刀二本も血でべとべとの状態で、一言で言って猟奇的な姿だった。

「もう、こんなに傷だらけにして！　ラキ、あんたの教育方針、もうちょっとどうにかならないの？」

「そうは言ってもなぁ」

「ティスピンは女の子なんだから、身体に傷なんて残しちゃダメでしょ。お嫁に行けなくなったらどうするの！」

「いや、ティスピンは『ラキのお嫁さんになる』って前に言って……」

「そんなの、どの子も子供の頃はそういうのよ！」

ベシンと、意外と激しい音を立てながら、ラキの頭を叩《たた》くスピカ。

その衝撃で、ラキの足が少し地面に沈んでいた。

「いいから、早く怪我を直しなさい。女の子の体に傷を残すなんて、論外よ。できるでしょ？」

「まぁ、やれんことはないが……」

「なら、さっさとする！」

スピカの言葉から、ラキが怪我を治せると察したティスピンが、上目遣《うわめづか》いでおねだりした。

「わたしも痛いのは嫌だから、ラキが怪我を治せるならうれしいな？」

「よし、治そう」

ティスピンのおねだりを聞いて、ラキは速攻で傷を治す。

みるみる擦り傷が消え、体中のあざがなくなってしまう。

全身の痛みが消えて、ティスピンは飛び跳ねて喜んだ。

「やった！　本当に痛くなくなった」

「当然だ、俺《おれ》の仕事にミスはない」

「でもこないだ、お酒をダメにしたって落ち込んでたじゃない」

「……過去のことは忘れたな」

ティスピンの容赦《ようしゃ》のないツッコミに、空を見上げて話題を逸《そ》らすラキ。

しかしその頬《ほお》に一筋の汗が流れ落ちるのを、スピカは見逃さなかった。

序章２ ✦ 竜の娘とドラゴンの影響

Wizard of Dragon's Roar

「うーわー……」

朝の大通り。そこにずらりと並ぶ馬車や旅行者を、わたしはぽかんと口を開けて眺めていた。

門から長々と続く行列。並ぶ人たちの顔は一様に引き攣《つ》っている。

「これってなにごと？」

「町から逃げる連中だよ、お嬢ちゃん」

背後から近付いてきた気配の主が、わたしに疲れたような声を返してくる。

気配には気付いていたのだけど、殺気がなかったので無視していた。

振り返って誰か確認すると、このグレンデルの街の騎士隊長のウィーザンさんだった。

「おはようございます。えっと、ウィーザン隊長さん？」

「おう、よく覚えてくれたな。えらいぞ」

「お世話になりましたし」

海賊に攫《さら》われたエミリーを救出するため、彼女の父のライオネルさんと一緒に駆け付けてくれた人だ。

名前を忘れるなんて失礼な真似《まね》はできない。

「でも、なにから逃げるんです？　また海賊が出ました？」

「海賊の残党は、先日の一件ですべて始末できたよ。これはドラゴンから逃げるためだね」

「……ドラゴン？」

言われて思い出す。乱戦になった海賊どもを無力化するため、ラキとスピカさんがドラゴンの姿で舞い降り、わたしも竜化して海賊の根城の砦《とりで》を吹き飛ばした。

わたしもスピカさんも標準的なドラゴンよりも遥《はる》かに大きいし、ラキに至ってはそれ以上だ。いくら夜とは言え、森の木々より巨大なので、街の人に気付かれないはずがない。

「で、でも、あのドラゴンたちは全然無害ですし！」

「いや、森を吹き飛ばしただろ」

「そ、そうでした⁉」

海賊の士気を砕くため、彼らの根城にしていた砦をわたしは薙《な》ぎ払った。

その結果、勢い余って森の半分を吹き飛ばしてしまっている。

これを目にして『あのドラゴンは無害です！』なんて、さすがに主張できない。

「でも、どっかに飛び去って行きましたよ？」

「飛び去って行ったってことは、またやってくるかもしれないってことだよ。逃げる彼らの判断は、決して間違いじゃない」

「う～、確かにそうですけど、納得できない」

「どこが？」

ウィーザン隊長の疑問も当然なのだが、これに答えることができないわたしは、ただ唸《うな》ることしかできなかった。

どうにか話を逸《そ》らせないかと行列に視線を向けると、その先にトニーの姿を発見した。

彼はエミリー救出のために協力してくれた旅商人だ。

「あ、トニーだ！」

少し白々しい声を上げながら、わたしはウィーザン隊長のもとからトニーへと駆け寄った。

トニーはわたしを見て、しまったと言わんばかりに顔を隠す。

「トニー、どこ行くの？」

「呼び捨てかよ。いや、いいけど」

「すっごい荷物だね、お仕事？」

彼は大きな荷物を背負っていた。その量を見ると、ちょっとした外出には見えない。

「一旦《いったん》、町を出るんだよ。ほら、あんなドラゴンが徘徊《はいかい》しているんだぞ。安全が確認できるまでは、他所《よそ》に仕入れに行ってくる」

「ええ……」

トニーが町を出ると聞いて、わたしは驚いた。その理由は間違いなくわたしのせいだ。

ドラゴンの姿を考えなしに人目に晒《さら》した結果が、この大行列。

トニーが出て行くのは、わたしのせいだ。それを理解して、ショックを受ける。

今後は安易に竜化魔法は使わないようにしようと、心に決めた。

「なんか、ゴメン」

「なんでお前が謝るんだよ？　それにもう戻ってこないってわけじゃないから、そんな顔をするな」

頭を掻《か》いて、ごまかすように言ってくる。

そんな彼の背を、後続の人がつつく。どうやら私と立ち話をしている間に、列が進んでしまったらしい。

「わりぃ、もう行かなきゃ。そんなわけだからしばらく街から出ることになる。ライオネルの旦那にはよろしく伝えておいてくれ」

「自分で言えばいいのに」

「あの人はなんか怖いんだよ。武力的な意味ではなく」

確かにエミリーの父のライオネルさんは軍の主計科長という、いわば幹部である。

一見穏やかな風に見えたが、どこか腹に一物持っている雰囲気があり、少し怖い。

わたしとしては、素性を見抜かれそうなほど鋭い視線に、少し辟易《へきえき》する時もあった。

「じゃあな。しばらくしたら様子見に戻ってくるさ」

「うん、いってらっしゃい」

わたしがトニーにひらひらと手を振ると、彼の後ろでせっついていた人の手が止まる。

なんだか同情するような視線を向けられて、勘違いされていそうな気配だ。

「わたしたち、親子と思われてない？」

「俺《おれ》ぁ、そこまで歳《とし》食ってねぇよ⁉」

反論の言葉を残しつつ、トニーは先へ進んでいった。すぐに人混みに紛れて見えなくなる。

その背を見送るわたしの背後に、再びウィーザン隊長が寄ってくる。

「あいつも街を出たのか？」

「うん。しばらくしたら戻ってくるらしいけど」

「もともと旅商人だからな。街に居つくことの方が珍しいんだ」

「そういうものなの？」

「ああ」

別れの寂寥感《せきりょうかん》に苛《さいな》まれるわたしの腰で、カチャリと金属の音が響く。

壊れた山刀の代わりに用意してもらった、ラキとディアの山刀である。

二つともまったく同じデザインのため、ラキから貰《もら》ったものは黒い布を、ディアから貰ったものは白い布を柄《つか》に巻いていた。

それを思い出して、わたしはウィーザン隊長を見上げる。

そういえば一つ、頼みたいことがあったのだ。

「ウィーザン隊長さん」

「なんだ?」

「今度、剣術を教えてくれませんか?」

「剣術?」

首を傾《かし》げ、わたしの腰に視線を落とす。わたしの体格からすれば少し大きめの山刀が二本、そこにあった。

「ラキ——保護者から護身用にこれを貰ったんだけど、二本同時に扱うとなると、少し難しくって」

以前の山刀なら切れ味重視と頑丈さ重視で使い分けることができた。

しかし今度はまったく同じ山刀が二本である。どうせなら同時に使ってみたいと考えたのだが、上手《うま》くいっていなかった。

問題は二刀流が、わたしの考えていたものよりも遥かに難しかった点である。

両手に山刀を持つと、手足が伸びて関節が増えたような錯覚をしてしまい、振ると山刀同士がぶつかってしまうことがあった。

最初はラキに教えを請おうと思ったけど、ラキも二刀流を学んだことはないらしい。

そしてスピカさんも、それは同じだった。

生態系の頂点であるドラゴンの、そのまた頂点に位置する二人にとって、近接戦闘は身体能力でゴリ押しできるものだ。細かな技術は、あまり学ぶ必要性がなかったのかもしれない。

そんなわけで教わる先を失ったわたしは、同じものが二本あるのに同時に使えないというもったいない状況に陥《おちい》っていた。

「そもそも子供が刃物を持ち歩くものじゃない」

「わたしの故郷はこれでも足りないくらい、危険な場所だったの。使いこなせないとどうにも不安で」

「まぁ、使いこなせないよりは、使いこなせる方がいいのは確かなんだが……」

ウィーザン隊長はしばし黙考したのち、大きく息を吐く。

「教えずに死なれるよりは、教えて自衛できるようになってもらった方がいいか？　いや、これは他《ほか》の市民にも言えることか？　いや市民には避難の方法を……」

なにやらぶつぶつ呟《つぶや》いてから、わたしの方に視線を向けた。

「教えるのは吝《やぶさ》かではないが、私の言うことには絶対に従うこと。これが条件だ。刃物の取り扱いというのは、それくらい危険なんだ」

「分かってます。お願いします！」

やったと言わんばかりにピョンと飛び上がる。

そんなわたしを抑えるように、ウィーザン隊長はわたしの頭に手を乗せる。

そして無造作に、ワシワシと撫《な》で始めた。

わたしの髪がその無造作な動きに乱される。本来なら不快感を覚える行動だったのだが、わたしはその感触が嫌ではなかった。

神妙な顔でわたしの頭を撫でていたウィーザン隊長は、その行為を唐突に自覚したのか、慌《あわ》てて手を離した。

「いや、失礼した。レディの髪に無遠慮に触れるものではなかったな」

「別に嫌な気分じゃなかったから、いいですよ。初めての感覚でした」

「初めて？　ご両親……はいなかったんだな。でも兄や姉がいるのだろう？」

「はい。でも頭は撫でてもらったことはなかったですね」

「……そう、なのか？」

なにか言いたそうなウィーザン隊長は、もう一度わたしの頭に手を置く。

「私は子供がいないので、親の代わりにはなれんけどな。撫でてやるくらいはできる」

「はい、ありがとうございます」

むふー、とその感触を堪能《たんのう》するわたしに、ウィーザン隊長は目を細めていた。

しばしそうしてから、訓練の日取りを相談し、彼と別れたのだった。

自宅に戻ってから、わたしはラキのもとに駆け寄って行った。

そこで、ウィーザン隊長に二刀流を学ぶことを告げる。

ラキは自分が剣術の知識がないことを知っていたので、これには素直に了承してくれた。

「ウィーザンと言うと、あの場にいた人間だな？　悪いやつではなさそうだし、別に問題はないだろう」

「エミリーちゃんの救出に駆け付けてくれた人でしょ？　信頼はできそうよね」

スピカさんも、反対意見はない様子だった。

ついでにわたしは先ほどの疑問を二人にぶつける。

「あのね、それで隊長さんに頭を撫でてもらったんだけどさ」

「うん？」

「頭を？」

二人はわたしの言葉の意図を摑《つか》みかね、揃《そろ》って同じ角度で首を傾げる。

そうやってみると本当の兄妹みたいだ。

「ラキには撫でてもらったことがないじゃない。なんでかなって」

「頭を、ねぇ……」

スピカさんは少し考え、ラキに視線を向けた。

その意味ありげな様子に、なにか隠し事でもあるのかと身構える。

しかし彼女の口から出てきたのは、わたしの想像していなかった言葉だった。

「角が邪魔じゃない」

「つ、つの?」

「ええ。頭を撫でるってなると、ほら……角がこう、当たるでしょ?」

スピカさんは頭の上に指を二本立てて、角を再現してみせる。

思い返してみれば、彼女たちはドラゴンだ。

前足の比率は人間よりも短く、首も長い。それに頭部には角が生えている。

頭を撫でるなら、その体格や角の存在はいささか邪魔になる。

「あー、種族的な問題だったのか」

「なに、ティスピン。頭撫でてほしいの?」

「ち、違――!? 撫でてもらったことがないなぁって、不思議に思っただけ!」

「ふぅん?」

なにか言いたいのか、スピカさんはニマニマとしたいやらしい笑みを浮かべている。

口元を手で隠している辺りも、なんだかイラッとくる。

「撫でてあげよっか? ティスピンも子供だしね」

「こ、子供じゃないし!」

「十歳は充分に子供でしょうに」

「……そうだった」

ラキの訓練のおかげで実年齢と精神年齢にズレがあるので、こういう時に自分が子供であることを忘れてしまう。

とはいえ、子供であっても恥ずかしいものは恥ずかしい。

そんなわたしの様子をスピカさんは完全に面白《おもしろ》がっていた。

「ならラキが撫でてあげなさいよ。実質あんたが親代わりなんだし。ほら」

「い、いや、俺は……」

なぜかラキまで恥ずかしがっているようで、スピカさんから一歩離れている。

いつもはラキの言動にスピカさんが振り回されているので、そんな姿は珍しい。

ラキの方がうろたえているのを見ていると、わたしとしても悪戯心《いたずらごころ》が湧《わ》いてくる。

ラキに向けてズイッと頭を差し出す。

「ん」

「ん、ってお前な」

「撫でていいって言ってるんだよ。ほら、ほら」

ラキの胸元《むなもと》……には届かなかったのでお腹《なか》にぐりぐりと頭を押し付けていると、スピカさんは耐えきれなくなったように噴き出していた。

「ラキ、もう観念したら？」

「そうは言ってもな……そうだ、酒を卸しに行かないといけないんだった！」

行った。

「また今度な」

やや乱暴にわたしの肩を押し返し、距離を取ってから大慌てで庭にある蔵の中に駆け込んで行った。

その様子を見て、わたしは少しだけ頰《ほお》を膨らませる。

「なんだか、すっごく失礼な態度じゃない、あれ？」

「ラキに普通の扱いを求める方が間違いよね」

「それはそうなんだけどさぁ」

不本意を全身で表現していると、玄関の方から呼び鈴が鳴る音がした。

ドラゴン騒動の影響で、魔術学園はここ数日休校になっている。

その期間を利用して、エミリーとリタは屋敷に遊びに……もとい、修行にやってきているのだ。

せっかく友達が来てくれたのだから、いつまでも不貞腐《ふてくさ》れているわけにはいかない。

わたしは頰を軽く叩《たた》いて膨れた顔を引き締め、笑顔を浮かべて玄関に向かったのだった。

第一章 ✦ 竜の娘と王子様

Wizard of Dragon's Roar

わたしがウィーザン隊長に剣を学び始めて、二週間が経過した。

ドラゴンによるパニックもひとまず落ち着き、グレンデルの街に戻ってくる人々も増えた。

活気は戻りつつあるのだが、そこにトニーの姿がないのが、少し寂《さび》しい。

それでも魔術学園も授業を再開したし、わたしの日常は元に戻りつつあった。

「ティスピンちゃん、次の授業は避難訓練だって」

「え、避難訓練？　そんなのあったっけ？」

隣席のリタから教えられて、わたしはびっくりして目を丸くした。

一か月以上学園に通っているが、そんな授業のことは聞いたことがなかった。

「昨日コロン先生が言ってたじゃない。ティスピンちゃんは半分寝てたけど」

「うっ、この席の日当たりがいいのが悪いんだぃ」

そういえば昨日、すべての授業を終えた後、あとはコロン先生の伝達事項を聞いて帰るだけという時間になって、わたしは猛烈な眠気に襲われていた。

これは授業の他《ほか》にラキの魔術講義に加え、ウィーザン隊長の剣術訓練を受けるようになったからだ。

お昼ご飯を食べ、二つの授業を終え、満腹感と適度な疲労に苛《さいな》まれ、しかも窓際《まどぎわ》に近いわたしの席はぽかぽかと日向ぼっこに最適の位置。

これで居眠りしないはずがない。

「それにしても、いきなり避難訓練なんて、授業が増やされてもなぁ」

「なんでも騎士団の方から、民間でも避難のための訓練をするべきだって意見が出たみたい」

「へぇ～……え？」

どこかで聞いたような話に、わたしは一瞬硬直した。

具体的に言うとウィーザン隊長がそんなことを言っていたような……？

「ま、いっか」

着替えるために荷物から運動用の服を取り出す。授業の存在をわたしが忘れていたにもかかわらず、なぜ荷物の中にこの服が入っているのか、少し不思議だ。

首を傾《かし》げるわたしの耳に、低い声が届く。

『スピカレウスに伝え忘れていたようなので、我が伝えておいた』

周囲を見回しても、声の主の姿はない。それもそのはず、ゴエティアは精霊であり、神出鬼没の存在だ。

姿を消した状態で、今もわたしのそばに控えているのだろう。

「うん、ありがと」

「なにか言った？」

「なんでもないよ。さっさと着替えちゃお」

その場で着替えようとするわたしの手を、リタはがっしりと掴《つか》んで教室から連れ出した。

わたしたちの年齢では男女の差を気にすることはほとんどないのだが、一応更衣室という存在はある。

魔術学園は十歳から十五歳までの生徒が入学してくるため、必要になる生徒の方が多いからだ。

使用は生徒の判断で任されているが、わたしたちの年齢なら気にすることもない。

「と思ったんだけど、リタは必要かぁ」

「ちょっとねぇ」

わたしと違ってリタの成長は早い。身長だって頭一つ分くらいは違う。

男子の視線が気になる年頃《としごろ》なので、彼女はいつも更衣室を使用している。

その影響でわたしとエミリーも、いつも更衣室に連行されていた。

「エミリー、行くよー」

「あ、ちょっと待ってよぉ」

荷物から運動着を取り出していたエミリーが、慌《あわ》てて私たちの後に続く。

そうして更衣室で着替えた後、校舎の外の広場に出て行った。

ここは魔術の実践のために使われていた場所なのだが、避難訓練が授業に組み込まれたので、運動場として活用されることになった……らしい。

「でも、ここが使えなくなったら、どこで魔術を使えばいいんだろう？」

「当面は講堂の方を使うんだって」

「講堂って狭くない？」

「ティスピンは狭くても問題ないだろー！」

「うっさいよ！」

すれ違いざまに悪態を吐《つ》いていく男子たちに、わたしは拳《こぶし》を振り上げて抗議する。

男子はそんなわたしの態度が面白《おもしろ》いのか、ケラケラ笑いながら走り去って行った。

「まったく、精霊魔術が苦手だと思って好き勝手言っちゃって」

「まぁ、わたしよりは上手だし、いいんじゃないかな？」

「リタにも追い抜かれそうで怖いのよね」

わたしたち三人の中で、精霊魔術を使えるのはわたしとエミリーの二人だ。リタはまだ使えない。

とはいえ、彼女の成績が悪いわけではない。クラスの半分はまだ使えないのだから。

しかし使える者の中では、わたしの魔術の効果はダントツで低い。というか、初めて発動させた初心者にも負ける。

これには諸々《もろもろ》理由があるのだけど、おおっぴらに口にするわけにはいかなかった。

どこの世界に『ドラゴンに育てられて、ドラゴンの技が使えるから精霊に嫌われています』なんて言葉を信じる輩《やから》がいるというのか。


運動場に到着すると、すでに来ていた生徒たちがかけっこなどして走り回っていた。

授業の鐘と共にやってきたコロン先生が、笛を吹き鳴らして彼らに注意の声を飛ばす。

「ほーら、整列しなさい、整列ー！」

子供に広場を与えると、それはもう自由勝手に走り回る。

勝手に鬼ごっこを始めた男子たちは、笛の音を聞いて慌てて駆け戻ってきた。

四方に散っていた生徒たちが笛の音一つで集まってきたのだから、彼女の指導力の高さが窺《うかが》える。

いや、怒ると怖いと知れ渡ったからだろうか？

「はい、全員いるわね？　それじゃ今日から避難訓練の授業をします」

「せんせー、避難ってなにから逃げればいいんですかー？」

「いい質問ね。グレンデルはティタニア王国の中でも海に近くて、他国の侵略はほとんどありません」

「海賊がいたよ」

「それもこの前、討伐されました。でもその代わりに出てきたのが……ドラゴンです」

「わたし、見たぁ！」

ドラゴンと聞いて、一部の生徒たちから歓声が上がる。

わたしは別に、砦《とりで》と森の一部を吹き飛ばしただけで町には危害を加えていないので、その恐ろしさが伝わっていないのだろう。生徒の声に恐怖は浮かんでいなかったのは幸いだった。

「はいはい、先生も見たわよ。ドラゴンから逃げるにはどうすればいい？」

「走る！」

「ドラゴンの方が速いに決まってるでしょ！　相手は空を飛べるのよ」

「えっと、じゃあ隠れる」

「家ごと踏み潰《つぶ》されるわよ。あの大きさを見たんでしょ？」

生徒たちの意見を次々と叩《たた》き潰していくコロン先生。そこに容赦《ようしゃ》の欠片《かけら》もない。

いつもならもう少し手心を加えてくれるんだけど、少しばかりらしくないと思う。

「このように、ドラゴンっていうのは一種の災害なの」

「じゃあ、逃げられないじゃない」

「いいえ、逃げることはできるわ。こちらに注意が向く前に、走ってできるだけ遠くに」

「でも追いつかれるんでしょ？」

「一人ならね。みんなが一斉にバラバラに逃げたら？　ドラゴンはあまり群れで動かないわ」

このコロン先生の認識は少し違う。ドラゴンだって群れを作る。

現にスピカさんは多数の高位竜を率いる星霊竜《アストラルドラゴン》だ。

だけどそれは、オース大陸という特殊な環境だからこそ、発生した群れなのかもしれない。

そもそも、オース以外の大陸でドラゴンを目撃すること自体、珍しいらしい。

この大陸でドラゴンの群れはいない。そういう前提に沿って言えば、彼女の意見は間違いではない。

「この授業は生き延びる確率を少しでも上げるため、とにかく逃げるスタミナをつけることを目的にしてるの」

この段階で、わたしは少し嫌な予感がした。ついでに言うと、隣に立つエミリーがブルッと身震いしていた。

おそらく彼女も同じ悪寒を覚えたのだろう。

「というわけで、今日は持久走よ！　全員、校庭を走りなさい！」

「ええ～‼」

生徒たちの悲鳴のような声が響き渡る。

魔術学園まで来て、どうして体力錬成などやらねばならぬのかという思いには、わたしも同感だ。

しかしコロン先生は、そんな生徒たちの反論など聞く耳を持たなかった。

ぐずる生徒たちの背後に回り込み、脇をくすぐって走ることを強要する。

「ほらほら、さっさと走らないと泣くまでくすぐるわよ！」

「横暴だぁ！」

「ついでに遅かったら背後から襲い掛かってやるから、覚悟してね」

「悪魔ぁ⁉」

「泣かす！」

コロン先生の言葉を聞いて、生徒たちは蜘蛛の子を散らすように逃げ惑った。

結果として走っているわけだから、これはこれで体力錬成にはなる……のだろうか？

わたしは首を傾げながらも、走り出す。その後を追うように、リタとエミリーもついてきた。

のんびり立ち竦《すく》んでいると、コロン先生にくすぐられてしまうからだ。


この持久走という行為は、実はわたしも好きではない。

無目的に走って、スタミナという目に見えない能力を鍛えるというのは、あまり成長を実感できなくて大変なのだ。

時間を正確に測る道具なんかがあれば、成長が目に見えて楽しくなるかもしれないのだけど。

「同じ場所を走るだけっていうのが退屈なのよね」

「そうだねぇ。校庭だと景色も楽しめないし」

横を並走するリタが、わたしの意見を肯定してくれる。

景色を楽しめないというのは確かに大きな要素かもしれない。

「そもそも走ってると魔獣が襲ってきたりするし」

「え、そんな危険なところは走らないよ？」

「そうかな？　足の下からワームが飛び出したり、頭上からワイバーンが降ってきたりしない？」

リタは走りながら、器用に首を傾げた。

「しないしない！　それどこのオース大陸よ？」

「いや――」

そのオース大陸の話なんだけどね。リタは冗談のつもりで言ったのかもしれないけど、大正解です。

「ティスピンちゃん、ま、待ってぇ……死ぬぅ」

そんなわたしたちの背後で情けない声を上げているのが、予想外なことに、いつもは元気いっぱいのエミリーだった。

よたよたとした足取りでわたしから引き離されつつある。

「いつもの元気はどしたの？」

「二人が速すぎるんだよぅ。ついていくのが精いっぱい」

「そんなに速かったかな?」

言われてみれば、わたしはオース大陸で散々身体《からだ》を鍛えている。

リタもディアと初めて出会った時、田舎《いなか》育ちだから体力はあると言っていた。

エミリーだけが、町育ちであまり身体を鍛える機会がなかったのかもしれない。

「しょうがないなあ。ほら」

わたしとリタは速度を落としてエミリーの背後に回り込み、その背を押してあげる。

そのおかげか彼女の足取りが少しだけしっかりしてくる。

しかしそれも束《つか》の間《ま》の話で、ついにエミリーはダウンしてしまった。

「もうダメ、ここはわたしを置いて先に行って……」

「なんだか、まだ余裕ありそうだね?」

「もう無理! 一歩も動けないぃ」

「あー、もう。駄々こねないで」

しかたないので、わたしとリタがエミリーの脇と足を持って、二人で担いで走り出した。

もちろんそんな行為を見逃すほど、コロン先生も甘くない。

「こらそこ! ズル禁止!」

ピーピーと笛を吹き、わたしたちを追いかけてくる。

それを聞いてわたしとリタは速度を上げ、コロン先生から逃げ出した。

体力自慢の二人だけあって、コロン先生も追いつくことができず、そのまま終業の鐘を聞くことになる。

「ぜぇ、ぜぇ……なかなかやるわね、二人とも」

「こ、コロン先生も意外と足速いんですね」

「もちろんよ、小人族の俊敏性を舐《な》めないで」

「なんで魔術教師なんてやってんですか……？」

リタとコロン先生が、まるで殴り合った後で友情に芽生えた戦士たちのように互いに拳を突き合わせて認め合う。

その横でわたしは視線を落として、大きく息を吐いた。

そこにはわたしたち二人に散々振り回されて、目を回すエミリーの姿があったからだ。

「戦闘ではなにより先手が大事なのよ。強い魔力ももちろんだけど、相手から先手を取れるのは大きなアドバンテージになるわ」

コロン先生はすっくと立ち上がり、指を立てて解説を始める。

ちなみに周囲には、エミリー以外にもぶっ倒れた生徒たちが水揚げされた魚のように転がっている。

これ、保健室に運ばなくても大丈夫なのかな？

「魔力の高い魔人族や、精霊に愛されたエルフ族はもちろんだけど、彼らより一歩先んじて魔法を撃てる小人族も、実は魔術師の適性が高いの」

「へぇ、魔術師の真価って、魔術の強さだけじゃないんですね」

わたしの言葉に、コロン先生は大平原な胸を張る。うん、そのサイズはわたしと変わらなくて安心感があった。

「純粋な魔術勝負なら、もちろん魔力の大きさや精霊との感能力の高さとか、そういった要素が物を言うけどね。こと戦闘に関してなら、そうは言いきれないの」

わたしが使う竜語魔法《ドラゴンズロア》は、精霊魔術と違って魔術陣を描く必要がない。

体内の竜気を操《あやつ》って発動させるため、発動速度ならコロン先生よりも早いだろう。

だけどそれを知らなかった場合、精霊魔術を警戒して後手に回る可能性もあった。

これがラキの言っていた『敵を知るために、学ぶことは必要だ』ということなのかもしれない。


授業が終わって、わたしたちは帰宅することとなった。

学園では部活動も存在し、半数以上の生徒は部活動に参加している。

わたしたちはそれに参加していないので、自宅直行だ。

とはいえ、なにもしていないわけではなく、この後はラキに稽古《けいこ》を付けてもらうことになっている。

「あうぅぅぅ……」

しかしその帰途の足も、足取り軽くとはいかない。

理由はエミリーが筋肉痛で悶《もだ》えながら歩いているからだ。

「エミリーはもっと身体を鍛えた方がいいね？」

「わたしは頭脳派なんだよ」

「そういうのは魔術陣を覚えてから言おうね」

「くっ、言い訳できない！」

わたしたち三人の中で、もっとも精霊魔術を使いこなしているのは、間違いなくエミリーである。

問題は彼女の記憶力はあまり良くはないため、使える魔術のバリエーションが少ないことだ。

しかし彼女もまだ十歳。年齢的に考えれば充分に優秀な部類だ。

「今日はお休みしたら？　ラキに言っとくけど」

「ううん、行く。魔術の勉強は身体使わなくてもいいから」

「向上心は認めるんだけどね」

横で唸《うな》られたら、わたしたちの方が集中できない。

特にわたしもリタも、精霊魔術を使いこなせていないため、より集中力を必要としている。

「でもさ、うーん……ん？」

「どうしたの？」

「うん。ほら、あれ」

わたしが指さした先では、通りの一つが騎士たちによって警護、その周辺に人の群れが押し寄せていた。

「なんだろ？」

その警護の列に見慣れた顔を見つけたので、わたしは事情を聞きに行くことにした。

「さぁ？　隊長さんがいるから、ちょっと聞いてくるね」

「え、いいのかな？」

突撃しようとするわたしに不安を滲《にじ》ませるリタだったが、好奇心が勝ったのか強く止めようとはしていなかった。

わたしは荷物をリタに押し付け、てってけとウィーザン隊長に駆け寄って行った。

「隊長さん、隊長さん」

「ん？　ああ、ティスピンか。今は仕事中だから、剣の訓練は後でな」

「いや、違うけど。これ、なんの騒ぎなのかなって」

「これか。ドラゴンの騒動で荒れた街を支援するため、王都から騎士団が派遣されてきたんだ」

「へー……でも街は荒れてないよね？」

「まぁな。実際は指揮官の実績作りのためなんだ」

そう言うと、ウィーザン隊長は騎士団の隊列の一点を指さす。

頑丈な鎧《よろい》に身を包んだ騎士隊列の中で、豪華な馬車が一台ゆっくりと進んでいた。

「あれは？」

「王太子殿下の馬車さ。まだ八歳だから馬に乗れないからな」

「八歳⁉　それで騎士団を率いてるの？」

「王になるなら、功績を残しておかないといけないからな。特に王弟殿下がすぐ後ろで玉座を狙《ねら》っているらしいし」

「うわぁ」

これが権力闘争というやつなのか。縁はないだろうけど、近付かないでおこう。

「そうだ、また週末に二刀流の訓練お願いしますね」

「ああ、時間は空けておこう。それに君が来るのを楽しみにしている騎士も多いからな」

「え、なんで？」

「むさくるしい騎士たちの中で女の子がいれば、そりゃあ注目を浴びる。それに騎士たちもそこそこの年齢の者も多い。娘に剣を教えている気分になっているんだろう」

「女の子が剣を学ぶのは珍しいんです？」

「傷が残ったら大変だからな。本人が嫌がる」

剣の訓練をすれば、多かれ少なかれ怪我《けが》は付き物だ。結婚という未来を考えるなら、剣を忌避《きひ》する女性というのも分からなくもない。

進んで剣を学ぼうとするわたしの方が、人間社会では異端なのだろう。

もちろん、わたしだって怪我をしないわけではない。

怪我はするけど、異様に回復が早く、しかも傷跡が残らないだけなのだ。

その理由としては、やはり毎日口にしている、あの『謎《なぞ》の肉』の影響もあるのだろう。

「わたしはあまり気にしないですけどね」

「そこは女の子なんだから気にした方がいい」

わたしの頭を鷲摑《わしづか》みにして揺するように撫《な》でてから、ウィーザン隊長は警備に戻って行った。

どうやら子供の相手をしているということで、私語も大目に見てもらっていたらしい。

邪魔してはいけないので、わたしもエミリーたちのもとに戻ることにした。

「どうだった？」

「うん、王子様が騎士団連れてこの街の支援に来たんだって」

王太子なのだから王子で間違いないと思う。二人にも分かるように大雑把《おおざっぱ》に説明すると、リタは目を輝かせた。

「王子様！　かっこよかった？」

「まだ八歳だって」

「えー……」

「そんなにあからさまにがっかりすると、不敬だって怒られちゃうよ？」

「うわ、それはヤダ！」

頭を抱えて逃げ出すリタ。エミリーは知っていたみたいだけど、彼女はこの国で生まれ育ったのだから当然か。

北大陸で育ったリタは、わたしと同じく王子の年齢を知らなかったようだ。

きゃーきゃーと騒ぎながら、わたしたちは自宅に戻ったのだった。

一旦《いったん》各自の家に帰った後で、再びわたしの家に集合し直す。

いつもの精霊魔術の訓練なのだが、これは双方の家族からも許可が出ていた。

ラキが無料で魔術の講義を行ってくれるので、エミリーやリタの家族からも感謝すらされていたりする。

「エミリーはほぼ魔力を制御できているな。あとは魔術陣をもっと覚えて手札を増やしていけばいい」

「やったー！」

「そのためにもっと勉強する必要があるね」

「うげぇ」

ラキのお墨付きと、わたしのツッコミに一喜一憂しているエミリー。反対にリタは沈んだ表情のままだ。

わたしも一応魔術の発動自体はできるため、魔術を発動できないのはリタだけという状態である。

しょんぼり落ち込んでいるリタを見て、ラキは慌てたように言い繕《つくろ》う。

「リタも魔力自体は多いんだ。どうもその方向性が外でなく内に向いているため、精霊に魔力が届いていないのではないだろうか?」

「そう、なんですか?」

「ゴエティア。そこら辺、どうなんだ?」

精霊魔術と言えば、そのスペシャリストがゴエティアである。

精霊を司る王なのだから、どこが悪いのか精霊目線の言葉が聞けるというわけだ。

二人にはゴエティアは精霊であることは伝えていないので、精霊魔術のすごい人程度の認識である。

「確かに外に魔力が漏《も》れていないな。ここまで外に出ないのは逆に才能かもしれん」

「それって、精霊魔術はダメってことですか?」

「まぁ、ありていに言えば」

ゴエティアの言葉にリタは絶望的な表情を浮かべる。そんな彼女を見て、わたしはゴエティアのすねを蹴《け》っ飛ばした。

険悪な視線をこちらに向けるゴエティア。そんなわたしたちを無視して、ラキはわたしの襟首《えりくび》を摑んで持ち上げた。

「少しティスピンと話がある。リタはもうちょっとここで待っていてくれ」

「へ？　あ、はい」

「なに、魔力が外に出ないということは、それを活かした魔術もあるということだ。それを相談してくるから、絶望するのはまだ早いぞ」

「そうなんですか！」

「まかせろ。俺《おれ》はできる男なんだ」

部屋を出たラキは、わたしに向けてズイッと顔を近付けてくる。

「な、なに？」

「リタのことなんだがな」

「あ、うん。魔術、使えるようになるの？」

「おそらく、無属性魔術の身体強化魔術と相性が良さそうだ」

「ほんと⁉」

身体強化魔術というと、校外学習で護衛をしてくれた女傭兵《ようへい》のコーディも使っていたものだ。

魔獣や危険な獣と比較して、人間種は戦闘力に乏しい。

牙《きば》もなければ爪《つめ》もない、瞬発力も筋力も劣る。人間がこの世界で生き延びるのは、非常に厳しい。

それでもここまで繁栄できているのは、古来積み重ねた知識と技術のおかげだ。

その筆頭とも言えるのが、精霊魔術やそれに属さない無属性魔術という存在だった。

これら魔術の存在のおかげで、肉体的戦闘力に劣る人間は、その版図を広げることに成功していた。

身体強化魔術は無属性魔術の基礎とも言うべき魔術で、その名の通り身体能力を大きく強化することで、力が強く身体が大きい魔獣にも対抗できる手段となっている。

「だが彼女の性格では、逆に相性が悪いとも言える」

「あー、リタはおとなしいからねぇ」

身体能力を強化した後は、武器での殴り合いが待っている。

おとなしいリタでは、その戦い方は性格面での不利がある。

遠くから魔術で援護するとかならともかく、身体を鍛えて殴り合うというのは分が悪いだろう。

「そこでティスピン。お前と一緒に戦闘面も鍛える方向に進むのはどうだろう?」

「リタが戦闘?」

ラキの提案に、わたしは大きく頭を悩ませた。

そもそも魔術を学んだからと言って、戦う必要なんてない。

戦闘力という面で大きなアドバンテージになるのは確かだが、それ以外でも使い道はある。

リタの家は商人なのだから、筋力の強化は荷運びなんかでも活躍できるはずだ。

「無理に戦闘をする必要はないのに、戦闘訓練を積ませるのはどうだろう？

「無理に戦わせる必要はないんじゃない？　大荷物を運ぶのには使えるんだし」

「だが自衛はできる方がいいだろう？　人間の社会では街の中でも危険はある」

「それを言ったら戦えない人の方が多いと思うけど」

とはいえ、リタの一件で街の中だから安全と断言できるほどではないと思い知った。

それを思い出して逡巡するわたしに追い打ちをかけるように、ラキが畳みかけてくる。

「なにより、彼女の精神にも良い。身体強化魔術を学ばせるとして、その効果がもっともシンプルに実感できるのは戦闘訓練だ」

「そう……かなぁ？」

確かに総合的な運動能力を要求される戦闘訓練なら、身体強化魔術の恩恵を強く感じることができるはずだ。

それは無力感に苛まれている今のリタにとって、悪い話ではない。

しかし重い荷物をどんどん持てるようになるみたいな状況でも、進歩を実感できるのではないだろうかとも思う。

「うーん……まぁ、話はしてみるけどさ。無理強いはしないからね」

「もちろんだ」

わたしたちは室内に戻り、待っていたリタに話をした。

「えっとね、リタは身体強化魔術の才能があるかも」

「身体強化って、無属性魔術の?」

「うん。魔力が内側に向かっているから、体内で魔力を消費させる身体強化魔術の相性がいいんじゃないかって」

「じゃあ、わたしにも魔術が使えるんだね!」

精霊魔術が使えないことを知って落ち込むかとも考えていたけど、彼女はむしろ食い気味に身を乗り出してきた。

その勢いに押されて、わたしの身体がのけぞる。

「し、身体強化魔術だよ?」

「それでもいい! わたし魔術が使いたい」

「わ、分かったから、少し落ち着こ?」

リタを席に座らせ、わたしはその対面の席に移動する。

そこでラキの提案を彼女に話した。

「それでね。身体強化魔術の成果を実感するには、戦闘訓練をするのがいいんだって」

「戦闘訓練って、ティスピンちゃんがやってるみたいな?」

「うん、まぁ……」

ここ二週間は暇を見て騎士団に顔を出し、剣術の指南を受けていた。

割とわたしとべったり一緒にいる彼女たちは、その訓練についても知っていた。

「ほら、リタっておとなしくて良い子でしょ？　だから戦闘訓練ってどうかなぁって思ってさ」

「しなきゃ、ダメなのかな？」

「もちろんしなくてもいいよ！　身体強化魔術自体はちゃんと教えてくれるって」

「でも、した方が自分の力がよく分かるようになるんだよね？」

「それはまぁ、うん」

わたしの歯切れの悪い答えに、リタはしばし黙考し……そして大きく頷《うなず》いた。

「わたし、やる！」

「え、いいの？」

「うん。強くなりたい」

「そ、そう」

まさか彼女が、ここまで力を渇望しているとは思わなかった。

でも気を抜くと魔獣が襲ってくるようなこの世の中だ。自衛の手段はあった方がいい。

そう自分を納得させ、わたしも頷き返す。

「分かった。じゃあ、隊長さんに一度話してみるよ。ダメな時は諦《あきら》めてね？」

「安心しろ。その時は俺が稽古を付けてやる」

「ええ、ラキの……？」

「なんだ、不満か？」

不服そうに鼻を鳴らすラキだが、ラキの基本戦闘って『竜気纏粧《ドラゴノート》で肉体を強化して物理で殴れ』ってスタイルだし。

リタがそんなスタイルに目覚めてしまったら、親御さんにどうやって謝ったらいいのか分からない。

だって想像してほしい。魔術を学びに行った女の子が蛮族《バーバリアン》になって帰ってきた姿を。しかも自分の娘が。

きっと言いようのないショックを受けるに違いない。

「まぁ、教えてくれる分には全然問題ないけど、ほどほどにね」

「まかせろ。俺は手加減も得意だ」

「ぜったい嘘《うそ》だ⁉」

自信満々なラキに、わたしは思わずツッコミの声を上げたのだった。

グレンデルの街にやってきて、一か月と少しが経《た》っている。

その間、魔術の講義を受けてきたので、わたしたちにも個性の差が見て取れるようになっていた。

エミリーは純粋な精霊魔術師として、リタは身体強化の才能を秘めているように。

それぞれに合った講義や訓練が必要になる頃合いとも言える。

「スピカ、ゴエティア。エミリーの魔術を見てやってくれ。俺はリタに身体強化の魔術を教えてくる」

「え、ここでするんじゃないんですか？」

「身体を使う魔術だからな。室内では少々狭い。ティスピンも一緒に来い。二刀流を学んでいるんだろう？」

「う、うん」

わたしが剣術を学んでいることは、ラキも承知している。

その上達具合を確認するため、わたしも庭に呼び出されたのだろう。

「じゃあ、エミリーも庭で講義しましょうか。ティスピンたちを眺めてお茶でも飲みながら」

「え、いいの？　やったぁ！」

「ちょっと！　それ一人だけ休憩するってこと？　ずるい！」

「ちゃんと講義もするわよ。私がサボりたい……いえ、楽したいだけ」

本音を駄々漏らしにしてスピカさんが席を立った。

そうして広めの庭にテーブルを用意し、エミリーとお茶を楽しみ始めた。

「うらやましい……」

「スピカさんのお菓子、おいしいのに」

「買ってきたやつだけどね」

わたしのために料理を勉強してくれたスピカさんだけど、それほど上手《うま》いというわけではない。

もちろんわたしより上手ではあるのだけど、家庭料理レベルの域を出ない程度だ。

そんな彼女の用意してくれるお菓子がなぜおいしいのかというと、井戸端ネットワークでおいしい店の情報を仕入れているからだった。

「よそ見するな。まずリタは魔力を体内で練り上げる訓練をするぞ」

「あ、はい！」

「ティスピンは準備運動だ。まずは身体強化と二刀流を組み合わせて、型を見せてもらう」

「はぁい」

激しい運動になるので、ストレッチなどの準備運動で身体を解《ほぐ》していく。

その横でリタが体内魔力を練り上げる練習をしていたのだけど、ラキがその指導に彼女のお腹《なか》を触っていた。

「この辺に意識を集中して。熱を感じることができたら成功だ」

「ひゃっ、はいぃ」

人型のラキはそれほど背が高い方ではないが、それでもリタよりはずっと大きい。

そんな彼が彼女の下腹の辺りに手を当てている様子は、なんというか……

「へんたい」

「誰がだ⁉」

ぼそっと呟《つぶや》いたわたしの言葉に、ラキが猛烈に反応した。言われて自覚したんだろうか？

無駄に鋭い動きで、さっとリタから距離を取る。

「ゴホン。とにかく、リタはそこを意識して魔力を練り上げる練習だ。それからティスピン？」

「あ、はい」

「お前は習った型を見せろ。悪態を吐く元気があるようだから、厳しめに指導していくぞ」

「うわぁ、八つ当たりだ！」

「うるさい、さっさとやれ」

ラキに怒られたので、わたしはウィーザン隊長から習った二刀流の型を流していく。

型と言っても甘く見られない。なにせ基本的な動きを一連の動作にすべて組み込んでいるのだから、動きも激しくなる。

左右の腕を独立させて斬り付け防御する動きは、頭が混乱しそうになる。

型の動きをなぞり、その動きを無意識に行えるようになることで、自然に左右の違った動きを制御できるようになる……らしい。

一連の動きを終えたわたしを見て、ラキは辛辣《しんらつ》な評価を下す。

「まだまだぎこちなさがあるな」

「そりゃあ、まだ習って二週間だもの」

「ここで剣同士がぶつかりそうになってる。足が揃《そろ》ってるからだろうな」

ラキが型の途中の動きを真似《まね》て指摘してくる。

彼は剣術に関しては素人だが、身体を動かすことは苦手ではない。

動きがおかしい時、どこが悪くておかしくなったのかを見抜く目は持っていた。

「この前の動きで足がきちんと引ききれていないから、こっちに身体をひねった時に足が揃ってしまうんだ」

「ふむふむ?」

実際にラキがわたしの悪いところを実演し、その後にどうすればいいのか実践してくれる。

おかげで直すべきところが目に見えて、わたしの動きも徐々に良くなっていた。

「次は身体強化魔術を使って型をやってみろ」

「うえぇぇぇ。ねぇ、『あれ』使っていい?」

身体強化を使うと動きが速くなる分、思考する余裕がなくなる。

そこで竜眼顕現《ヴオラク》で感覚の反応速度を上げてもいいかラキに聞いてみた。

技の名前を出さなかったのは、ここにリタがいるからだ。

しかしラキの反応は至極冷淡なものだった。

「ダメだ。動きの先を想定して、常に思考し自身の身体を制御しろ」

「はぁい」

観念して身体強化魔術の顕現する金剛神の加護《フィジカルエンチャント》を発動させる。

この魔術は無属性魔術だから、わたしでも普通に利用できる。

そう考えると、わたしの特性とリタの特性は似ているのかもしれない。

とはいえ、滅多に使わない術なので、起動に少し手間取ってしまう。

「……よし」

術を起動し、気合を込めて型を開始する。

そしてわたしは……盛大にすっ転んだのだった。


一通りの訓練を終えて、わたしたちはヘロヘロになって芝生にへたり込んだ。

わたしは肉体的に、リタは魔力的に。そしてエミリーは知恵熱が出そうなほど頭から湯気を上げて。

そんなわたしたちに、スピカさんが自分で焼いたミートパイを出してくれた。

「ありがと、スピカさん。でもこういう時って普通は甘いものが出るんじゃないの？」

「肉はすべてを解決するのよ」

そんな肉食獣みたいなことを言ってくる。いやドラゴンだけど。

わたしの疑問もどこ吹く風で、エミリーは容赦なくパイに食らいついていた。

よく食べる子は見ていて気持ちいい。リタもおずおずと、しかし見かけによらない健啖《けんたん》ぶりを発揮している。

そこではわたしは少し気になって、スピカさんの耳元に口を寄せる。

「スピカさん。ひょっとして、この肉って『あれ』？」

気になったのは、倉庫に山のように在庫がある『謎の肉』である。

なんでもあの肉の影響で、わたしは竜語魔法《ドラゴンズロア》が使えるようになったらしいので、気になったのだ。

なにせ竜語魔法《ドラゴンズロア》が使えるようになるのはいいが、代わりに精霊魔術が使えなくなってしまうのだから。

元より精霊魔術の素養が低いわたしやリタは平気かもしれないけど、エミリーにとっては致命的な結果になりかねない。

「違うわよ。さすがに他所《よそ》のお子様に無断で体質改善できないわ」

「わたしはいいんだ？」

「ティスピンとは状況が違うでしょ」

まぁ、オース大陸ではそれくらいしないと死んでしまう。そう考えると、非難するのは酷というものだ。

「おいしい。これスピカさんの手作りなんですか？」

「ええ、もちろん。私の料理の腕も上達してきたでしょ」

「はい、ばっちりです！」

「え、嘘。自分で作ったの⁉」

リタとエミリーが、手放しでスピカさんのミートパイを褒《ほ》める。

わたしとラキはその間、無言でパイを貪っていた。それぞれ、一ホール丸ごと。

その最中でスピカさんの告白を聞いて、思わず口の中のパイを噴き出しそうになってしまう。

いつの間にそこまで腕を上げたの、スピカさん？

「でも、初めて食べる触感ですね、このお肉。なにを使ったんです？」

「バイコーン」

「ぶふっ⁉」

スピカさんの答えを聞いて、エミリーが盛大に噴き出していた。

微妙な視線を手元のパイに向けている。

「最近大量に肉が入荷したらしくてね。お安くなっていてお得だったわ」

「そ、そーなんですかー……」

「魔獣のお肉って食べられたんですね」

「おいしいのもいるわよ。ドラゴンとか」

「げほっ⁉」

追撃の一言に、今度はわたしが噴き出した。

スピカさん、ドラゴンなのにドラゴンを食べたことがあるのかと戦慄《せんりつ》する。

いや、雑食性のドラゴンなのだから、容赦なく食べられるのかもしれないけど。

「そうね、あとベヒモスもおいしかったから、今度獲ってきてくれない？」

「スピカさん、それ伝説の魔獣です」

「あはは、スピカさんってば、冗談が上手なんだからー」

「伝……説……？」

わたしとしては、酔っぱらったラキが持ち帰ってきたデカい牛という印象しかない。

確かにあの肉はおいしかったけど、その量が半端《はんぱ》じゃなかったので、結局スピカさんにおすそ分けしたのを覚えている。

もちろんスピカさん一人で食べたわけではなく、彼女の配下のドラゴンたちにも食べてもらった。

そうでもしないと消費しきれなかったのである。

「あの牛、そんなに……ひょっとして高く売れたかも？」

我が家の財政はそれほど裕福ではない。

ラキが自作する酒を納品してお金を稼いではくれているが、屋敷の維持費としては最低限と

いうところだろうか？

　あとはスピカさんの持ち込んだ資金でやりくりしている状況だ。

「なに、ティスピン？　お金の心配？」

「あ、うん。なんとなくね」

「そこは気にしなくてもいいわよ。いざとなったらラキの爪でも毟《むし》ればいいから」

「いや、痛い痛い」

　今のラキの爪を毟る想像をして、背筋がぞわぞわしてきた。

　実際はドラゴンのラキの爪の先っちょを削る程度の話なんだろうけど。

「それに、ラキの爪は簡単に流通させちゃだめでしょ」

　さすがにこれ以上はエミリーたちに聞かせられないので、声を潜めてスピカさんに注意する。

　そもそもラキの爪とか値段が付けられるのだろうか？　こう見えても、滅界邪竜と呼ばれる神話上の生物なんだけど……

「あー、確かにダメね。それじゃ私もダメかぁ」

「ですよねぇ」

　スピカさんはラキを監視する創世神の眷属《けんぞく》。こちらも神話上の生き物である。

　三百年前に国を一つ滅ぼしているので、ラキほどではないけど。

「そうね。その時は実家に帰って、売れそうな連中のをひん剝《む》いてくるわ」

「ひん剝かれる方の気持ちも考えてあげて」

エミリーたちがいるので明確に口にしていないが、スピカさんの言う実家とは高位ドラゴンたちが住む竜城と言われる場所だ。

そしてひん剝くとは、きっと部下の鱗と爪のことを指しているのだろう。

確かにそれなら高く売れるだろうし、流通させても大丈夫かもしれないが……いや、ダメだ。高位ドラゴンの素材とか、トラブルの予感しかしない。

「せめてもっと手心を加えて。例えばワイバーン程度とか」

「そんなのでいいの？」

「ティスピンちゃん。ワイバーンって、ちょっとした町が滅ぶくらい危険な魔獣だよ」

「え、そうなの？」

わたしたちの声を聞きつけたのか、エミリーが呆《あき》れた声を上げる。

ワイバーンなんてオース大陸では雨と同じ頻度で降ってくる魔獣なのに。

「えーと、じゃあ売れそうなものって――」

ふと、そこでそばに控えるゴエティアの姿が目に入る。

ゴエティアは炎を司る精霊王。きっとその身体も売れそうな素材に……

「おいよせ、我を獲物を見る猛獣のような目で見るな」

「あ、ごめん。つい」

「まぁ、今のところ余裕もあるし、そんな話は必要ないでしょ」

「そうだね」

そんなわたしたちの会話に、ラキは不満げに抗議する。

「あまりばかにするな。今度俺の酒を定期的に卸してほしいという商店も出てきているんだぞ」

「え、ホント⁉」

ラキの酒はしょせん素人の手作りである。その味は決して洗練しているとは言い難《がた》い。

わたしは飲んだことないけど。

「うむ。ノイマン商会っていう店でな。素人っぽい雑味が逆に良いという話だった。今度三樽ほど卸すことになっている」

「ノイマン商会って、わたしの家ですね」

そこで新たな爆弾を落としてきたのはリタだった。そういえば彼女の両親は商人をやっていて、最近このグレンデルで店を出したと言っていた。

「ホランドという酒造担当者が気に入ってくれてな」

「ラキのお酒が認められたんだ？　よかったね」

「そういってくれるとありがたいのだけどな」

そういってラキは、ミートパイの残りを口の中に押し込んでいた。

人間の姿はそれなりにカッコいいのに、そんな仕草《しぐさ》のおかげで台なしである。

そんなことを考えながら、わたしも同じような仕草でパイを口に押し込んだのだった。

次の休みの日、わたしはリタと連れだって騎士団の練兵場へやってきた。

この日は剣術や体術を学ぶのが目的だったので、エミリーは連れてきていない。というか、彼女はテストの点が悪かったので、外出禁止令が出てしまっていた。

彼女の記憶力の悪さが、ついに実害を及ぼした結果である。

「エミリーちゃんも来られたらよかったのにね」

「お父さんもいるから、抜け出したら絶対見つかるからねぇ」

「騎士団の人だって言ってたもんね」

「実は結構なお偉いさんだったんだ」

「そうなんだ⁉」

エミリーの父は主計課の長らしい。戦いに出る人ではないので練兵場には顔を出さないだろうけど、それでも見つかるとさすがにまずい。

連れ出した場合、わたしの方が気まずい思いをしてしまう。

「それにウィーザン隊長もいるから、どのみち抜け出したら見つかっちゃう」

「あはは、バレバレじゃない」

リタは騎士団に向かうとあって少し緊張気味だったけど、エミリーのおかげで少しだけ緊張が解けたようだ。

他愛のない会話を交わしつつ、騎士団の練兵場に辿《たど》り着く。

入り口の兵士に挨拶《あいさつ》をして、中に案内してもらう。

すでに何度か訪れているので、わたしは顔見知りとなっている。

リタも剣術を習いたいことを伝えると、驚いたような顔をしていた。

「やっぱり女の子が剣なんて、変かな？」

「んー、普通じゃないみたいだね。でもわたしはその辺のことよく知らないし」

「ティスピンちゃんのところは、普通に剣術を学べたの？」

「剣術っていうか、戦い方？　学ばないと死んじゃうし」

「うわぁ。田舎ってそこまで厳しいんだ？」

それを聞いて、わたしは違和感を覚えた。確かリタも、田舎の出身ではなかったか？

「リタは違うの？」

「うーん、そこまで厳しい環境じゃなかったかな。でも身体は鍛えないと不便なところだったかな」

「ふーん……リタはどこに住んでいたの？」

それは本当に何気なく口を突いて出た疑問。

だけどその瞬間、リタの顔は目に見えて強張《こわば》っていた。

「え、えっと、その……」

少し引き攣《つ》った顔で言葉を濁す。ひょっとして、昔話はしたくないのかと考えた。

わたしはまずいことを聞いてしまったかと判断するが、これをどうフォローしていいか分からなくて、言葉をなくす。

リタもその先を口にすることができず、気まずい沈黙が二人の間に流れた。

「来たか、ティスピン」

そこに救いの手を差し伸べてくれたのは、わたしたちを指導してくれるウィーザン隊長だ。

練習用のクッションを巻いた木剣を持って練兵場に立っていた。

兵士たちなら怖気《おぞけ》が走るほどの厳《いか》めしい姿を見て、わたしたち二人は揃って安堵《あんど》の息を漏らす。

「こんにちは、隊長さん。今日は彼女も訓練に参加してもいいですか?」

「彼女も?」

「はい。身体強化魔術に適性があるらしくって」

「ほほう?」

ウィーザン隊長は面白そうに目を細める。

魔獣の身体能力の方が人よりも高いこの世界で、身体強化魔術は戦士の基礎。

そこに適性があると聞いて、騎士隊長の彼が興味を持たないはずがない。

「それは楽しみだ。剣をもう一本持ってくるから、その間に準備運動を済ませておくといい」

ウィーザン隊長は軽い足取りで倉庫の方に歩いて行った。

その間に二人一組で身体を解しておく。

「隊長さん、うれしそうだったね」

「そうなの？」

「うん。だって、リタが参加することの返事すらしないで剣を取りに行ったんだよ？」

「あ、そういえば……」

わたしたちに参加の可否を答えるより先に剣を取りに行ってしまったのは、らしくもなく浮かれていたからだろうか？

準備運動に励むわたしたちを、他の騎士たちも微笑《ほほえ》ましそうに眺めていた。

子供がいてもおかしくない年齢の騎士も多いため、自分の子供と重ねているのかもしれない。

充分に体が解れてきた頃になって、ウィーザン隊長がもう一本の木剣を持って帰ってきた。

長さはわたしの持つものと同じ、小剣程度のものだ。

「とりあえずティスピンと同じサイズのものを使ってくれ」

「はい」

「使いにくいようだったら、その都度交換するから、遠慮はせず言ってくれ。それでは、最初は打ち込みから始めようか」

　ウィーザン隊長がリタに木剣を渡し、別の木剣を横に構えて打ち込むように指示してくる。

「最初は素の能力で。次に身体強化を使ってくれ」

「はい！」

　最初はわたしが打ち込み、続いてリタが打ち込んでいく。

　その打ち込みの強さをウィーザン隊長は重々しい顔で吟味していた。

「ふむ……？　次は身体強化を使ってみてくれ」

　言われた通り、身体強化の魔術を使用し、わたしたちはもう一度ウィーザン隊長が構えた木剣に打ち込んでいった。

　わたしの時はそれほどでもなかったけど、リタの打ち込みを受けた時、彼は明らかに目を見開いていた。

「その、二人とも同じ術を使っているんだよな？」

「そのはずですけど」

　わたしも身体強化の魔術は使えるが、それはオース大陸でラキから学んだものだ。

　それから竜気纏粧《ドラゴノート》を覚えてからは、めっきり使うことがなくなった魔術だ。

　わたしはラキから学んだけど、学院で学んだ術式と大差はない。

「明らかにリタの方が攻撃が重い。強化魔術の増幅力で差が出ているみたいだな」

「そうなんだ……」

「いや、ティスピンの魔術が下手だとか言うつもりはないぞ。基礎からの増幅具合は、充分に実用レベルだ」

「うんうん。ティスピンちゃんは他にも魔術が使えるわけだし！」

いきなりリタに追いつかれて、少ししょげたのが伝わってしまったのか、ウィーザン隊長は慌ててフォローしてくれる。

リタも隊長に追従してわたしを褒めてくれた。

「別に落ち込んだわけじゃないよ。でもリタってすごいね。この間強化魔術を覚えたばっかりなのに」

「え、うん。ありがと」

「リタはもう少し大きな武器の方がいいかもしれないな。せっかくの高増幅率なのに、小さな武器ではもったいない」

「え？　え？」

「ティスピンは身が軽くて反射神経がいいから、スピードを活かした戦い方を教えているだけなんだ」

これまでの訓練でわたしの基礎能力を把握していた隊長が、そう指示を出して別の騎士に声をかけた。

「アロンゾ、お前ティスピンの相手をしてやれ。リタはこっちで武器を選ぼう。確か訓練用の大斧《おおおの》があったはずだ」

言うが早いか、リタを倉庫の方へ連れて行く。

その間、わたしはアロンゾという騎士に稽古を付けてもらっていた。

というか、彼は非常に重装備の騎士で、盾《たて》と鎧で攻撃を防ぐ戦闘スタイルだ。

身の軽いわたしは彼の防御を掻《か》いくぐりつつ、二本の木剣を叩きつけるという訓練になった。

もっとも未熟なわたしの技術では防御を突破することはできず、すべて盾で防がれてしまう。

そんな攻防の最中、リタが大斧を持って帰ってきた。

「アロンゾ、ごくろう。ティスピンは少し休憩だ。代わりにリタがアロンゾと対戦するように」

「ええっ！　隊長、俺に休みは⁉」

「ない。騎士が泣き言を口にするな」

「ひでぇ……ティスピンちゃんの動きって日に日に良くなってるから、防ぐのも一苦労なのに」

「それこそ泣き言だ。魔術学園の生徒だぞ、彼女は」

「もったいない。騎士にならない？」

ウィーザン隊長は『魔術学園の生徒に近接戦で押されるな』という趣旨だったのだろうけど、なぜか飛び火してわたしへの勧誘になっていた。

「それより模擬戦だ。リタ、遠慮なく打ち込め」

「はい！」

「そこは遠慮してよ⁉」

アロンゾの悲鳴のような声を合図に、リタは容赦なく打ち込んでいく。

その大斧の一撃を盾で受け、アロンゾの足がわずかに押し込まれていた。

「うわ」

「予想以上の威力だな。やはり彼女は、大物が向いてるらしい」

重装備の騎士の身体がずれるほどの重い一撃に、わたしは思わず感嘆《かんたん》の声を上げた。

あれほどの威力、わたしでは竜気纏粧《ドラゴノート》を使わないと無理だ。

それを格下の身体強化魔術だけで出せるのだから、リタの素質は素晴らしい。

あれで修得してまだ数日というのだから、なおさら怖い。

「ぐっ、しかしまだまだ！」

対するアロンゾも、重騎士の意地を見せてリタの重い打撃を受け続けていた。

それを見てわたしは『さすが』と感心する。

「すごいですね。あの威力を受け止め続けるなんて」

「あいつはこの騎士団の中でも、特に防御に優れているからな。それをてこずらせるのだから、
リタも君も大したものだ」

「わたしも、です？」

「ああ。あいつも意地があるから平気そうな顔をしているけどな。ティスピンとやり合った後

はへとへとになってへたり込んでるよ」

「それならよかった」

ラキに英才教育を受けているのに、あっさり受け止められて少し自信が揺らいでいたところだ。

痩せ我慢だったと知って、わたしの自信も持ち直した。

それにしても、付け焼刃の二刀流とはいえ、あそこまで完璧《かんぺき》に受けられたのは初めてだった。

「アロンゾさん、実はすごい人なのです?」

「まぁ、かなりな。中央から引き抜きの声がかかる程度には」

「それってエリートコースじゃないですか!?」

「王都の騎士団はいろいろとなぁ……あいつも俺と同意見で、断っていたよ」

なにか嫌なことでもあったのか、ウィーザン隊長が遠い目をしてみせる。

そういえば、王都の騎士団が来た時に、王太子に絡《から》んだ権力闘争の話をしていたっけ?

ひょっとしたら、今王都に行くのは巻き込まれる危険があるから、断っているのかもしれない。

「ん?」

虚《うつ》ろな目で宙を見るウィーザン隊長の視線を何気なく追っていたら、キラキラと光るなにかが視界に入ってきた。

騎士団宿舎の窓の一角にあるそれは、どうやら人の髪のようだ。

金糸のような金髪を持つ少年が、窓からこちらを見下ろしていた。

「あれ、子供？」

「ん？　ああ、王太子殿下だ。よく騎士団の訓練を眺めていらっしゃる」

「あれが王子様かぁ」

「『あれ』とか言うな。不敬だぞ」

「ごめんなさい」

さすがに聞き流すこともできなかったらしく、わたしの頭に軽く拳骨《げんこつ》を落とす。

これがウィーザン隊長だからこの程度で済んでいるが、危ない人に聞かれると厄介《やっかい》な問題になりかねないから、注意しないと。

「今は殿下の護衛に近衛《このえ》騎士も随伴しているから、特に気を付けるんだぞ」

「はい、肝に銘じます」

もっともな話なので、わたしも神妙な顔で頷いておく。

模擬戦の方に視線を向けると、じわじわとリタが押され始めていた。やはり技術の差というものは大きいらしい。

「リタ、がんばれ！」

「う、うん！」

わたしの声援にリタも力を振り絞って大斧を振るうが、その鋭さもだいぶ落ちていた。

体力はある方だと思ったけど、そうでもないのか……いや、あれは体力を消耗《しょうもう》させられたと言うべきだろう。

最初はリタの攻撃を受け止めていたアロンゾの盾だったが、今では攻撃をいなすように逸《そ》らしている。

強振を空振りのようにいなされているせいで、体力を無駄に消耗してしまったのだ。

そういえば、王太子はリタの方を見ていた気がする。

子供が騎士と模擬戦をしていたのだから、興味を引くのは当然かもしれないけど。

「あれ？」

そう思ってもう一度王太子に視線を向けると、ちょうど背の高い騎士が王太子になにか話しかけているところだった。

「どうかしたのか？」

「うん、騎士さんが王子様と」

「ああ、近衛騎士だな。あいつは特に陛下の信頼が篤い近衛騎士団長様だ」

「あいつ？」

わたしに対して言葉使いを指摘しておきながら、格上の騎士団長相手にあいつ呼ばわりとは、彼らしくない。

指摘を受けたウィーザン隊長もそれを自覚したのか、頭を掻いてごまかしていた。

「あまりに堅物な性格をしているから、ちょっとな。いや、俺も口が悪い。反省せねば」

「そういう隊長さんも、充分に堅物ですね」

口を滑らせた者同士、視線を合わせた後、くすくすと含み笑いを漏らしていた。

その間、完全にスタミナ切れを起こしてへたり込んだリタを相手に、大人気なくも勝利の雄叫《おたけ》びを上げるアロンゾの姿があったのだった。

第二章 ✦ 竜の娘と特訓と襲撃

いつものように学園に通い、魔術や歴史、一般教養に関しての授業を受ける。

リタとわたしは身体強化への適性を開花させたと思われていて、授業の内容にも少し変化が見受けられてきた。

授業自体はみんなで受けるのだが、そこに無属性魔術の講義が挟まるようになってきたからだ。

「というわけで、精霊魔術も無属性魔術も同じ魔術であることに変わりはないから、そこに区別を付けちゃだめだからね？」

精霊の力を借りられる分だけ、精霊魔術の方が効果は高い。その分、無属性魔術を下に見る意識が世間には存在する。

それを懸念して、コロン先生は何度もその旨を生徒たちに念押ししていた。

この辺りの意識差が広がって、魔術師団が騎士団を下に見た時期がこの国にもあったらしい。

その時内紛が起きかけたため、危機的状況を忘れないように、子供たちに丁寧に指導するようになっているらしい。

珍しく真剣な表情で当時の危険を語るコロン先生だが、ここで終業を知らせる鐘が鳴った。

「む、もう時間になっちゃったかぁ」

教卓の上に首だけ見えるコロン先生が、無念そうな声を漏《も》らす。

そして背伸びしてパンッと教卓を手に持った棒で叩《たた》き、注目を集めた。

「今日の授業はここまで。来週からは水泳の授業も入るから、それまでに水着の用意もしておくのよ。ご家族の方には負担をかけて申し訳ないけど、避難訓練に必須だから」

「はーい」

新たに追加された避難訓練は、持久走の体力錬成だけに留まらなかった。

このグレンデルの町は海に近く、そこに流れ込む川も存在する。

ドラゴンと言えば灼熱《しゃくねつ》の炎のブレスというイメージもあるため、水の中に逃げ込むという手段も考慮しなければならない。

そこで持久走の次に水泳の授業を組み込むことを、学園側が決定したらしい。

「あー、水泳かぁ」

「そろそろ暑くなるから、うれしいよね」

「え、そう？　わたしは別に……」

蒸し暑い森の中で暮らしてきたのだから、この町の暑さなんて大したことはない。

それよりも泳げないことの方が問題なのだ。

「んぅ〜？　ひょっとして、ティスピンちゃんは泳げなかったりするのかなぁ？」

「失敬な！　確かに泳げる距離は短いけどさ」

完全に泳げないわけではないのだ。きちんと五メートルくらいは泳げるのだから、カナヅチではない。多分。

授業が終わってわたしのもとにやってきたエミリーが、なんだか失礼な笑みを浮かべてわたしを煽《あお》ってくる。

わたしは基本的に運動能力が高く、学業においても隙《すき》がない。

精霊魔術の実践においてだけは多少難があるけど、おおむね優等生という扱いだ。

反面、エミリーはわたしとまったく逆で、実践において優れた成績を残しているが、学業においておいて不安が残る。

「エミリーちゃんは泳げるんだ？」

「うん。リタちゃんも？」

「夏はよく泳ぎに行ってたよ。近くの川とか湖とか」

「いいなぁ。わたしは海のそばだったから、いつもべたべたしちゃってさー」

「あー、分かるー。でもそれが海って感じがしていいよね」

「匂《にお》いとかも独特だしねー。お魚もおいしいし」

「くっ、会話に入れない……!?」

一応わたしも、海からそれほど離れていない場所で暮らしていたのだけど、泳ぎに行くなんていう遊戯に興じたことはなかった。

なにせ、小屋から出たら魔獣が襲い掛かってくるし、オース大陸の海岸付近には海棲《かいせい》型の魔獣も多数生息していた。

泳げばきっと、足からおいしく頂かれてしまう。

近くにあった沼はスワンプトードの生息地で、これまた泳ぐに適していない。というか水が汚くて泳げない。

飲料水は生活魔術の浄化魔術に頼りっ放しという、ハードな生活だ。

「で、でもティスピンちゃんって、田舎《いなか》の島出身だったよね？」

「うん、そういう設定」

「……設定？」

「いや、うん。島出身だよ」

そういえば辺境の孤島出身という設定で、スピカさんが入学願書を出してくれていたんだっけ。

まぁ、オース大陸なんて大きな島みたいなものだし、辺境であることには違いない。ちょっとサイズ感が違うけど。

「じゃあ、海が近いから泳ぎに行けたんじゃないの？」

「泳ぐのに適した場所じゃなかったんだよ。ほら、流れとかさ」

「ああ、潮の流れが速いところってあるもんね」

「そ、それに深い場所も多くって」

「それじゃ、危なくて泳げないよねぇ」

海というと泳げる場所と考える人も多いかもしれないが、本で読んだ限りでは、そういう場所ばかりではないらしい。

急に深くなる地形や、潮の流れが速かったりしたら、遊泳には向かない。

この際、そういう地形だったということにしておこう。友達に嘘《うそ》を吐《つ》くのは気が引けるけど、オース大陸出身とバレる方が問題になりそうだ。

人間がいないはずのオース大陸に住んでいたとか知られたら、どんな追及が起こるか分からない。

「そっかぁ。じゃあ水着とか持ってないんじゃない?」

「うん、持ってない。でもどのみち学校指定のを買わないといけないから」

「あ、そっか。じゃあわたしも買わなきゃ」

「わたし、もう用意してるよ」

リタがそう口にしたことで、エミリーは得意げな顔で胸を張っていた。

「え、もう?」

「うそ、はやーい」

コロン先生から知らされたのはつい最近。水着を用意する時間的余裕はほとんどないはずだ。

「それがね。学校指定の水着って王国軍で使っている水着を改良したデザインだから、それをわたしに横流し？　してくれたんだって」

「横流しは印象が悪いからやめようね。でもよく子供用のサイズがあったね？」

「騎士を目指す子供は結構多いらしいから、そういう子供用のを提供してもらったんだって」

「へぇ、そうなんだ？」

「貴族の子弟が騎士団に入ることが多いとか聞いたよ」

リタの補足にわたしは納得の声を上げた。考えてみれば、貴族が箔付けするために騎士団に入るという話はよく聞く。

ただし、わたしの『よく聞く』とは、読んだ本によく出てくるという意味である。

「まぁ、正規の手段で入手したのなら問題ないか」

「おとーさん、『その辺は完璧《かんぺき》に処理したからバレない』って言ってた」

「うん。ダメな雰囲気が漂ってきたから、この話題はやめよう」

なにをやっているんだ、ライオネルさん。主計課長だから、そりゃあ子供用水着を一つ融通するくらいはできるだろうけどさ。

気が付けば、クラスの生徒たちもほとんど帰宅の途についており、まばらになっていた。

「わたしたちも帰ろっか」

「うん、そうだね」

わたしとリタは、エミリーの危険発言をごまかすように、そう呟《つぶや》いた。

手早く荷物をまとめ、通学カバンを背負って席を立つ。

リタも同じく席を立つ。まだ残っていたクラスメイトに『さよなら』と挨拶《あいさつ》をしてから教室を出たのだった。

いつもの道を歩きながら、わたしは例によって道沿いの露店に興味を惹《ひ》かれる。

やはりオース大陸での料理とは比べ物にならないくらい、おいしそうな匂いが漂ってくる。

「ティスピンちゃん、買い食いはダメだからね？」

「わ、分かってるよ。校則だもんね」

「よだれ、よだれ」

「おっと」

わたしが口元を拭《ぬぐ》おうとしたら、リタがハンカチを差し出してくる。

その好意に甘えて、わたしは口元を拭《ふ》いてもらった。

「ティスピンちゃんはなんだか妹みたいね」

「え、わたしの方がお姉さんじゃないの？」

「いやー、それはないよ。うん」

リタがわたしを妹扱いし、わたしが反論して、エミリーがそれを否定する。

流れるような会話に、話を聞きつけた露店のおじさんが口を押さえて笑うのを堪《こら》えていた。

買い食い禁止の校則はおじさんも理解していて、売り込みの声をかけることはない。それでも、目の前を通る客たちに注意を向けて勧誘の声をかけていたため、わたしたちの会話が耳に入ってしまったのだろう。

「そうだ、ティスピンちゃんは水着の用意まだだって言ってたよね？」

「うん？　うん」

唐突に切り出してきたリタに、わたしは首を傾《かし》げつつ答える。

リタはわたしの答えを聞いて、パンと手を叩いて喜色を露《あら》わにする。

「わたしもまだだから、一緒に買いに行かない？　パパのお仕事で服のお店にも顔が利《き》くから」

「え、いいの？」

「うん。エミリーちゃんじゃないけど、一人分増えても大して変わらないし」

「じゃあ、お願いしようかな？」

お店と繋《つな》がりがあるなら、品質にも問題ないはず。特にリタの実家は商人なので、信用が第一だ。

急遽《きゅうきょ》学園で避難訓練の授業が入ったため、運動服や水着の需要が増えているだろうから、下手をしたら手に入れ損ねるなんて可能性もあるかもしれない。

そこまで考えて、わたしはリタの提案に乗ることにした。

それを聞いて、エミリーは露骨に口を尖《とが》らせた。

「いいなぁ。わたしも行こうかな？」

「エミリーはお母さんに監視されてるじゃない」

学業成績の悪さから、彼女は自由に遊びに出れなくなっていた。

母親のナタリーさんはそれほど教育熱心という風ではなかったけど、さすがに目に余る成績だったらしい。

それにきっと、目を離すのが不安というのもあるのだろう。

エミリーとナタリーさんが攫《さら》われて、まだそれほど日が経《た》っていない。

「まぁ、今回はお母さんと一緒にいて安心させてあげるといいよ」

「安心？　うん、まぁいいけど」

エミリーも、母の不安を微《かす》かに感じていたのか、あまり我が儘《まま》を言うことなく、わたしの提案を受け入れてくれた。

「それじゃ、あとで一緒に行こうね。えっと、一時間後に広場の噴水前でいいかな？」

「うん、分かった。うちはいつもラキかスピカさんがいるから、すぐに出れるよ。最悪ゴエティアを連れてってもいいし」

「ゴエティアって親戚のお兄さんだよね？　その、ちょっと怖そうな……」

「あー、そんなに怖くないよ。いざとなったら、わたしがガツンってやってあげる」

見かけは野性的なゴエティアは、子供に怖がられることもある。

近所のお姉さんやおばさんには大人気なんだけど、子供は彼の傲慢な雰囲気を敏感に察してしまうみたいだ。

「ティスピンちゃん、強い」

「とーぜんです」

目を輝かせるリタに対し、わたしは自信満々で胸を張る。

友達に褒《ほ》められて、なんだかいい気分である。

「それじゃ、わたしも帰って用意してくるね！」

「うん。じゃあ、また後で」

別れる場所に到着したので、リタは手を振って走っていく。

わたしたちも手を振り返して、帰宅の途に就く。

「あーあ、わたしも行きたかったなぁ」

「諦《あきら》めなさいって。次のテストで良い点を取れば、また遊べるようになるから」

「うん、がんばる」

ぐっと握り拳《こぶし》を作って上を向くエミリーを見て、わたしは笑いを堪えることができなかった。

だがゆっくりしている時間はない。一時間後に待ち合わせなんだから、急いで準備しないと。

「エミリーちゃん、そんなわけだから、わたしは急がないと」

「うん、じゃあまたね」

「『またね』じゃなくって！　エミリーちゃんちまで送っていくから」

「えー、別にいいよ」

「こないだ攫われたの、忘れたの？」

「ううっ、分かったよぅ」

「ほら、急いで、急いで」

エミリーの背を押しながら、彼女の家へ向かう。

家から出てきたナタリーさんにエミリーを引き渡し、大きく手を振ってから自宅への道を急ぐ。

待ち合わせ場所の噴水は、リタの家からの方が近い。わたしはその分、急いで用意をしないといけなかった。

「ただいまー！　スピカさん、いる？」

「おかえり。スピカはオース大陸に戻ってるぞ」

屋敷に飛び込んだわたしの声に応《こた》えたのは、居間のソファで寝そべっていたラキだった。

こうやって見てると、ぐうたらを満喫してるように見える。

が、今はそれどころではなかった。

「ええ？　今日、リタちゃんと水着を買いに行こうって話になったのに」

「水着？　ティスピンは泳げないだろう？」

「泳げるし！　ちょっとだけ」

ラキの言いがかりを一蹴《いっしゅう》して、しばし考える。

しっかりしてるスピカさんが一緒だったら安心だったのだけど、今回はリタの家族も一緒に
行くことになるから、別にラキでもいいかと思い直す。

「とにかく、お買い物に行くから、ラキも一緒に来てよ」

「俺《おれ》が？」

「うん。別にわたしだけで行ってもいいんだけど」

「ふむ……いや、一緒に行こう。リタの家族とも挨拶をしておかないとな」

「なっ、ラキがまともなこと言ってる⁉」

「失礼なこと言うな！」

しかしまぁ、大人が一緒に来てくれた方が、トラブルに巻き込まれる可能性も減る。

特にラキと一緒だったら、大抵のトラブルは物理的に解決してくれるに違いない。

多少世間ずれしている面も、リタの家族が一緒にいてくれるなら、自重してくれるだろう。

そう判断すると、わたしは大きく頷《うなず》いた。

「じゃあ、わたしは着替えてくるから、ラキも着替えてきて」

「このままでもいいだろう？」

「さすがに寝間着と変わりがないような服で出歩くのは、わたしが恥ずかしい」

「ぬぅ……承知」

神妙な顔で頷くラキに、わたしは思わず笑ってしまった。

「じゃ、急いでね」

考えてみれば、この町に来てからラキと二人で出かけるのは初めてかもしれない。

いつもはスピカさんか、ゴエティアの護衛の方が多い。

そう考えるとなんだか楽しくなってきて、わたしは弾《はず》むような足取りで、自室に飛び込んだのだった。


約束の場所に行くと、リタが見慣れない男性と一緒に待っていてくれた。

髭《ひげ》を整えた、品の良さそうな紳士という男性で、ロニーと違っていかにも正統派の商人という感じだ。

彼を見て最初に声を上げたのが、意外にもラキだった。

「あれ、ノイマンさん？」

「ラキ、お知り合い？」

「ああ。俺が酒を卸している店の人だ」

そういえば、ラキは街の商店に酒を卸していると言っていた。

その先がリタの店だったとは、世間は狭い。

「おや、ラキさんじゃないですか。リタのお友達のお兄さんというのは、あなたでしたか」

「こちらこそ、リタの保護者があなたとは知らなかった」

にこやかに笑いながら、ラキと握手を交わすノイマン。

だがその視線は少し硬さがある。ラキが無愛想《ぶあいそう》だからかな？

「ティスピンちゃん！」

「おまたせー」

「ううん、わたしも今来たところだよ」

わたしの手を両手で握って喜びを表現してくれるリタ。こういった素直な好意は本当にうれしい。

それだけでも、この大陸に出てきた甲斐《かい》はあったと思う。

「行こ、こっちのお店がパパの知り合いなんだ」

「うわ、わりと高そう……」

リタが指さした先にあったのは、広場に面した服飾店だった。

店構えは立派で清潔。見るからに高そうなお店である。

リタは慣れているのか、わたしの手を引いて怖じることなく店に入って行く。

ラキとノイマンも、わたしたちの後についてきた。

店の門に立っていた案内の人が、子供二人というわたしたちを見て一瞬怪訝《けげん》な表情をしたが、すぐににこやかな笑みを浮かべる。

「いらっしゃいませ。魔術学園の方ですね？」

「はい。よく分かりましたね」

わたしたちは私服だから、学園の生徒と見分けるすべはないはずなのに。

疑問を口にしたわたしに、店員の人は満面の笑みを浮かべる。

「ここ数日は学園の指定服を求めるお客様も増えていましてね」

「ああ、なるほどぉ」

最近になって急に設定された避難訓練。その準備として運動服や水着などの準備が必要になっていた。

全学年で同時にその授業が入ったため、わたしたちのように買いに訪れる生徒も増えたのだろう。

つまりここにやってくる子供は、たいていそういう事情を抱えてくる子供が多いということになる。

「そういうわけで、この子たちの水着を用意してもらえませんか？」

「かしこまりました。少々お待ちください」

続いて店に入ってきたノイマンが、如才《じょさい》なく店員に注文を付けた。

慇懃《いんぎん》に一礼する店員に代わって、女性の店員がやってきて身体《からだ》のサイズを測ってくれた。

ここで明らかになる、正確なリタとの体格の違いに少しショックを受けた。

おのれ、いずれはわたしも……

「ちっちゃいな」

「気にしてるんだから言わないで⁉」

もちろん空気を読まないラキは、そんなわたしの気持ちを無視して、容赦《ようしゃ》なく抉《えぐ》ってくる。

採寸中じゃなかったら、脛《すね》を蹴《け》りつけてやったのに。

リタはそんなわたしとラキのやり取りを聞いて笑いを堪えられずにいた。

身体が震えて、店員さんが測りにくそうにして苦笑していた。

「すみません」

「いえ、皆さん仲がよろしいのですね」

「はい、仲良しです！」

リタの言葉に微笑《ほほえ》み採寸を終えて、適切なサイズの品を選んで購入を済ます。

そうして会計を済ませた時、店に一人の少年が入ってきた。

「あっ」

「えっ⁉」

少年はリタを目にして、驚いた声を上げる。同時にわたしも声を上げた。

その姿に見覚えがあるからだ。

そう、練兵場で宿舎の窓から覗《のぞ》き見ていた、王子様の姿だった。

閉まっていく扉の向こうに、鎧《よろい》を着た騎士の姿が垣間《かいま》見《み》えた。

「君は……確か練兵場にいた？」

「あ、はい。どなたです？」

わたしは王子様の姿を目にしていたが、模擬戦中だったリタは気付いていなかったようだ。

初めて見る王子様に、首を傾げて疑問を返している。

「えっと、僕は……その、そう！　騎士団の練兵場で君の姿を見てね」

「……ああ、貴族の方ですね。初めまして、ノイマン商会の娘、リタと申します」

少年が貴族であることを素早く察知したリタが、丁寧に一礼した。父親のノイマンも隣で礼をしている。

王子様の答えは微妙にリタの質問に答えていなかったが、貴族というインパクトのせいですっ飛んでしまったらしい。

対してノイマンは直接話しかけられていないので、自己紹介すらできないでいた。

貴族のマナーに、『目上の者から話しかけられなければ、目下の者から話しかけてはいけない』みたいなものがあるからだ。

これもマナーの本に書いてあった。なぜそんな本があの辺境の小屋にあったのかは謎《なぞ》だけど。

「なるほど……僕はアベル。騎士団の遠征についてきたんだ。そちらは？」

「ハッ、リタの父のノイマンと申します。食料品を商っております」

「そうだったんですね。騎士団でも糧食を扱いますから、その時はよろしく」

見たところ、王子様——アベルはわたしより年下に見えるのに、ずいぶんしっかりしている。

偉ぶる様子もなく、丁寧にノイマンに応対しているところなど、わりと好印象だ。

ラキの方が圧倒的に偉そうなくらいである。いや、実際偉いんだけど。

わたしも空気を読んで話しかけはしない。偉い人と同じ場所にいるのは、なんだか緊張してしまう。

アベルはわたしたちには興味がないのか、そのままリタとノイマンに会釈を返し、店員に話しかけていた。

「ここに鍛練用の服があると聞いてきたのだが？」

「はい。こちらの服など、生地が厚く丈夫でございますよ」

少し緊張気味に対応する店員さんを見て、わたしたちは目配せする。

「失礼、アベル様、それでは我々はこれで失礼させていただきます」

「ああ、また」

ノイマンがあえて自分から話しかけ、別れを告げる。

これは話しかける無礼より、無言で立ち去る無礼を天秤にかけた結果だ。

アベルもこれを咎《とが》めるような理不尽な対応はしない。

ノイマンの別れの言葉に、アベルも最小限の挨拶だけを返してきた。

これは彼が無愛想というより、そういう態度を取るように教育された結果のようにも見える。

現にわたしは、彼から少しばかり名残惜しそうな気配を感じたからだ。

だからと言って気安く声をかけていい相手ではないので、わたしたちはノイマンの後を追って、そそくさと店を出た。

その際、入り口の横に控えていた騎士とすれ違う。

その威圧的な雰囲気にわたしは反射的に頭を下げていた。

別にこちらを威嚇《いかく》する意図はなかったのだろうけど、要人の警護とあって、気を張っているみたいだった。

「失礼します」

「ああ」

ノイマンさんは如才なく挨拶をしつつすれ違ったが、わたしとリタは頭を下げたまま彼の横を通り過ぎた。

なるほど、ウィーザン隊長が苦手そうにしているはずだ。

これだけ威圧的な雰囲気を撒《ま》き散らしていたら、周囲にいる者も気が休まらない。

しばらく進んだ後、騎士の姿が見えなくなってから、リタは大きく息を吐いた。

「ぷはぁ。緊張しちゃった！　いきなり貴族様が来るんだもん」

「これ、そんなことを言うモノじゃないよ」

思わず失礼に当たることを口にしたリタを、父親のノイマンさんはすかさず窘《たしな》める。

この辺りがさすが商人と言うべきか、厳格に教育しているらしかった。

だが微かに笑みを浮かべている辺り、本気で怒っているというわけではないようだ。

「まぁ、あれだけ緊張感を撒き散らしていたのだから、無理もないだろうさ」

「確かに……いやいや、騎士らしい存在感と申し上げるべきでしょうか」

「別に俺たちだけしかいないのだから、そこまで気にする必要もないだろう？」

「ラキさんはそうかもしれませんが、我々は貴族の方と接する機会もありますので」

適当なことを口にするラキに、ノイマンさんは身を引き締めて弁明する。

常日頃《つねひごろ》から言葉遣いを改めておかないと、うっかりボロが出てしまうということかな？

「そんなもんか……まぁいい。そうだ、食事でも一緒にどうだ？」

「ラキさんの奢《おご》りなら」

「くっ。さすが商人、抜け目ないな」

「冗談ですよ。ここは私が出しますよ。娘の前でいい格好がしたいので」

「それを言われたら、俺も出さざるを得んな」

ラキとノイマンさんは、以前からの知り合いらしい気安さで食事に誘った。

「ティスピン、別にいいいな?」

「スピカさんに言っとかないと、ご飯を用意するんじゃない?」

「その時はまた食べればいいいさ」

「うへぇ」

帰ってきたスピカさんが夕飯を用意していた場合、無駄になってしまいかねない。

そして辺境育ちのわたしとしては、ご飯を無駄にするなんてことはできない。

たとえお腹《なか》が張り裂けても、用意されたご飯は食べねばならないのだ。

「リタも構わないね?」

「うん。わたし、パンケーキが食べたい!」

「それは夕食ではないだろう?」

即座に甘味を要求した娘に、ノイマンさんは困ったような顔をする。

娘のこのような反応も人によっては失礼にあたるのだが、わたしたちはそういった相手ではない。

リタもそれは理解しているので、父親に甘えた態度を見せたようだ。

「ラキさん、こっちです。良い店があるんですよ」

「それは期待だな」

ノイマンさんがリタの手を引いて通りを進む。それを見て、ラキもわたしの手を引いて歩き出した。

がっしりとした手にわたしの手が包まれ、ふと思い出す。

そういえばこうして手を繋いで歩くことも、今までほとんどなかったな、と。

「ラキと手を繋ぐのって久しぶりだね」

「そうか？　そういえば最近は繋いでなかったな」

オース大陸で手を繋ぐ場面というと、魔獣から逃げ出す時に引っ張られた時などが多い。

わたしもそういう時以外で、ラキと手を繋いで歩いた記憶はあまりない。

山登りなどの時も身体能力を強化していたので、手を引かれたことはなかった。

「うん、久しぶりだよ。こういうのも悪くないね」

「……そうだな」

しばらくラキと手を繋いで歩き、一軒の食堂に案内された。

給仕の人に手慣れたように人数を知らせ、テーブル席につく。

リタも慣れた様子でいくつかの品を、すぐさま注文していた。

「リタはこの店に慣れているの？」

「うん。パパが外食するって言ったら、大体ここだから」

「これ、私がここでしか食べないような風を言わないでくれ」

高い声で笑い声を上げるリタに、ノイマンさんも笑みを浮かべていた。

どうやらいつもこんな仲の良いやり取りをしているらしい。

「ティスピンちゃんは食べられないものはあるかな？」

「なんでも食べます。あ、嘘です。ポイズンホークの肉は食べられません」

ポイズンホークは毒を持った爪《つめ》で襲い掛かってくる大型の鳥の魔獣だ。

肉にも毒が混じっているので、わたしは食べられない。ラキとスピカさんは頭から齧《かじ》ってたけど。もちろんドラゴン状態で。

「いや、それは普通に無理ですよ」

「っていうか、その魔獣が出たらちょっとした町が滅んじゃう」

ポイズンホークは三メートル程度の鷹《たか》で、魔獣としてはそれほど大きいわけじゃない。

だけどその爪の毒は掠《かす》っただけでも致死量になるほど強力なので、危険な魔獣として扱われているらしい。

わたしは近付く前に山刀を投げつけて落としていたし、ラキやスピカさんにはそもそも毒が効かないから、そんなに強い実感はなかったけど。

「あ、あはは。冗談です。冗談。本当は好き嫌いないです」

「それはうらやましい。リタはピーマンが苦手でね」

「パパ⁉」

リタの秘密をこっそりとばらしてくるノイマンの背中を、リタが勢い良く叩いた。

もっとも、強化していない彼女の力では、大した威力はない。

娘の平手をあっさりと笑い飛ばし、給仕に追加の注文をする。

「では、肉野菜のパイ皮包み焼きを人数分。それと酒だね。海竜の涙はあるかね？」

「ありますよ」

「ではそれを二つ……いや、ボトルでくれ。グラスは二つで」

「承知いたしましたー」

給仕のお姉さんが元気な声を上げて、注文を奥の厨房に知らせる。

酒瓶《さかびん》の方はすぐに運ばれてきたので、ノイマンは自慢げに講釈をたれ始めた。

「この酒はよく澄んだ酒でしてね。飲み口が非常にキレが良く、シャープな味をしているんだ」

「ほほぅ？」

酒の談義にラキは身を乗り出して、瓶を眺める。

その様子に満足したのか、ラキのグラスにとくとくと酒を注《そそ》いだ。

確かにその酒は水のように澄んでいて、しかもわたしの席に届くほど香りが強かった。

「米から作っているというのに、白ワインのような果実感があってね。私はいつもこの酒を頼んでますよ」

「どれ……なるほど。これは勉強になるな」

ラキは待ちきれないとばかりに酒を口に含み、その香気を堪能《たんのう》する。

「少し甘いな。女性向けかもしれん」

「ハハハ、強い酒が好きな人にはあまり向いていないかもしれませんな！」

「だが食前酒としてはちょうどいい。後味もすっきりしているので、肉にも合うだろう」

「然《しか》り然り。さすがラキさんは酒が分かっていらっしゃる」

我が意を得たりとばかりにテンションが上がるノイマン。ラキと酒の取引をしているだけあって、かなりの酒好きらしい。

リタはテーブルに肘《ひじ》をついて、呆《あき》れたように眺めている。

わたしもお酒のことはよく分からないので、彼女と同じような反応をしたのだった。


その日、わたしとラキ、スピカさんは、グレンデルから遠く離れた川の水源地近くにいた。

こんなところまでやってきた理由は、わたしの水泳の特訓のためだ。

「泳ぐ練習は分かるけど、なんでこんな場所？」

わたしはラキの方を見上げて、心底不思議に思ってそう質問した。

ここは山の中腹にある川の上流であり、少し下流には滝があり、轟音《ごうおん》を立てて水が流れ落ちている。

「どう見ても、水泳には向いてない場所だと思うんだけど。流されたらどうするのよ？」

わたしの苦情に、ラキは問題ないとばかりに鷹揚《おうよう》に頷いた。

「結界を張るから大丈夫だ。時間の流れが遅くなるから、水の流れもほぼ止まる」

「そりゃ、そうだろうけど……心理的になんかヤダ」

「心理的とか、ティスピンも難しい言葉を使うようになってきたな」

ラキはお気楽にそんなことを言っているが、最近気付いたことではあるがラキの展開する結界とやら、実はとんでもない術であることが判明している。

学園で魔術を学ぶようになって分かったことだけど、時間に干渉する魔術というモノは、基本的に存在しない。

それをやすやすとやってのけるのだから、とんでもない話だ。

あまりにも簡単に使っていたので、わたしもそのすごさに気付いていなかった。それが理解できるようになったことで、やはり知識というモノは大事であると実感させられる。

ラキのすごさを噛《か》みしめつつ、わたしは川の中を覗き込む。

そこには、優雅に泳ぐ川魚がうようよと群れを成していた。

「ラキ、ラキ！　魚！　お魚が泳いでる！」

「晩飯にちょうどいいな」

「風情《ふぜい》がない⁉」

実に現実的なことを口にするラキに、がっかりした視線を向ける。

それに気付いたのか、ラキは視線を外してスピカさんに向けた。

「着替えは持ってきているのか?」

「あなたとティスピンの分はね。あとお弁当も」

「お前は泳がないのか?」

「なんで?」

心底不思議そうな顔をするスピカさん。だが、言われてみればすでに泳げる彼女が、わたしの水泳の特訓に付き合う必要はない。

指導役はラキがいれば充分だし、彼女がついてきたのは、ラキが無茶をしないか監視するためなのだろう。

「まぁいい。ティスピンもさっさと着替えろ。日が暮れるぞ」

「時間止めるくせに」

「止めるんじゃない。遅くするだけだ」

それでもたいがいすごいんだけど、ラキに自覚はないらしい。

これ以上口論するのも確かに無駄ではあるので、わたしはおとなしく近くの繁みで買ったばかりの水着に着替えることにした。

胴体をしっかりと覆うタイプの水着で比較的露出は多くない。でも身体にぴったりと張り付くので、少しばかり恥ずかしかった。

なにより、野外で着替えるという行為に微妙な違和感を覚える。

別にラキの前で着替えることは、これまでも何度もしてきたので、特に恥ずかしくはない。

それはスピカさんの前でも同じだ。だけど誰が見ているか分からない野外で服を脱ぐ行為は、どこか背徳感を感じさせた。

わたしが繁みから出てくると、ラキは少し目を丸くした。

「水着というのはそういう服なのか？」

「いまさらなに言ってるの？　服屋さんで見たでしょ」

「興味がないからよく見てなかった。それで人前に出るのか……うーん？」

ラキはしばしわたしの姿を眺め、ぼそりと一言。

「痴女？」

「しね！」

暴言を吐いたラキのお腹に、わたしの拳が炸裂する。

まともに受けたラキは面白《おもしろ》いようにくるくると吹っ飛んで、そのまま流れる川に着水した。

そしてそのまま流されて行き、滝の向こうへと消えて行ったのだった。

その後、ラキは何事もなかったかのように滝を泳いで登ってきた。まるでお伽話《とぎばなし》にある魚のようだ。

滝を泳いで登り切った魚はドラゴンになるというお話だったけど、すでにドラゴンのラキはなにになるのだろう？

そんな疑問を棚に上げつつ、わたしはラキと水泳の訓練に勤しんでいた。

重い手足が動きを封じ、視界が黒くなっていく。呼吸が上手《うま》くできず、顎《あご》が上を向く。

それでも訓練は終わらず……わたしは溺《おぼ》れかけていた。

「全身に力を入れすぎだ。人間はむしろ脱力していれば、それだけで浮くんだぞ」

「けほっ、けほっ、そんなこと言ったって……」

水源近くの川は、水温が低いので水が冷たい。

おかげで手足がかじかみ、思うように動かせない。

水の流れはラキの結界によって時間の流れを遅くしてほとんどなくなっていたが、水温は冷たいままだった。

「こんなに水が冷たかったら、満足に動けないよ」

「そんなにか？」

水泳の訓練に付き合ってくれているラキは、トランクス型の水着を着けているだけで、わたしより露出が多い。

それでもドラゴン故《ゆえ》の適応力の高さか、さほど寒さを感じていない様子だった。

「冷たい水でも泳げるようになればいいんだが、泳げないのではそれ以前の問題か」

ラキはわたしの様子を見てしばし黙考し、決断を告げた。

「しかたない、一度上がって休憩を取るぞ」

「よかった、『そのうち泳げる』とか言われなくて」

「それは後で言う」

「全然よくなかった！」

わたしの抗議の声には一切《いっさい》取り合わず、ラキは水着の肩紐《かたひも》を掴《つか》み、わたしを吊《つ》るし上げる。

そのまま水を掻《か》き分けて岸へと上がると、振り返りざまに口から炎を吐き、水を軽く炙った。

ラキにしては非常に控えめなブレスだったが、それでも水面から湯気が立つ程度の効果はあったらしい。

「これならティスピンでも泳げる水温になっただろう」

「すっごくありがたいけど、今度は熱すぎないかな？」

もうもうと湯気が立つ様は、まるで温泉である。見たことないけど。

その様子から見るに、水温はかなり熱くなってしまっている可能性があった。

屋敷のお風呂《ふろ》もかなり広いが、この広さの水がお湯になってしまったのは、結構壮観である。

恐る恐る足先を湯に浸けてみると、それほど熱くなく、お風呂としてなら適温という温度だった。

「あ、いいお湯」

正直このままお風呂として使いたいくらい、いい感じだった。ちらりとラキの方を窺《うかが》うと、渋い顔を返してきた。

「泳げるようになってからだぞ」

「……けち」

「この訓練を申し出てきたのは、お前からだろう?」

この水泳の特訓は、エミリーもリタも泳げるのにわたしだけ泳げないのが悔しいので、わたしから申し出たことだ。

しかし、結果はご覧の通り。わたしは数メートルも泳げず、溺れることとなった。

「運動神経はいいのに、なんで泳げないのかしらね?」

「地面の上を走るのと泳ぐのは全然違うよぉ」

岸辺でお弁当の用意をして休んでいたスピカさんが、呆れたような口調で言う。

スピカさんがわたしの運動能力に全幅の信頼を置いているのは知っているので、嫌みな感じはしない。

「水も冷たかったし、そのせいじゃないかな?」

「そういえば海だと泳ぎやすいという話は聞いたことがあるが」

「ここいらは港が多いから海水浴に適した海岸は記憶にないわね。空から探してみる?」

海水浴となると、遠浅の海岸が必要になる。

エミリーが泳いでいたと言っていたので、そういった海岸も近くにあるのだろうけど、土地勘のないわたしたちでは、そういう場所は知らなかった。

ドラゴンに変身すればそれこそ一瞬で泳げる場所まで到達できるのだが、街の救援のための騎士団が訪れている現在、そんな姿を晒《さら》したら大混乱になるだろう。

それが原因で、今度はエミリーやリタがグレンデルの街を出る羽目になったら、非常に困る。

「ドラゴンはダメだよ。街の人が驚いちゃう」

「分かっている。俺もせっかくの取引相手を失いたくはない」

ラキもノイマンさんとは良い関係を築けている。友人を失いたくないのは、わたしと同じだ。

しかしわたしとラキでは、立場が違う。ラキの場合、無理に人里に降りる必要もなく、そうなると生活費を稼ぐために酒を商う必要もない。

無理に取引する必要がないのに、わたしに付き合ってこう言ってくれている。

その事実が、少しうれしかったりする。

わたしがニコニコしてラキを見上げていると、背中に強烈な張り手が叩き込まれた。

「休憩は終わりだ、さっさと泳げ」

「ぴぎゃあああぁぁぁぁぁぁっ⁉」

そのまま勢いよく川の中央まで吹っ飛ばされる。先ほどの仕返しかと言わんばかりの勢いだ。

わたしは水面で二回ほどバウンドしてから着水し、そしてそのまま為《な》す術《すべ》もなく沈んでいった。

わたしがある程度『泳げる』ようになったのは、体感時間で一週間を過ぎた頃のことだった。

学校の授業に剣術。そのうえ水泳の訓練まで始めたわたしは、夜にはぐったりと疲れ果てるようになっていた。

この日の夜も夕食後はぐったりと食卓に突っ伏していたのだけど、そこへスピカさんがわたしの目の前に大きめの皮製品を二つコトリと置く。

「スピカさん、これはなに？」

「ほら、この間壊された山刀の代わり。ディア様とラキが山刀を贈ったから、わたしもってわけにもいかなくなっちゃって」

言われてみれば、ラキと創世神グローディアの贈り物を貰《もら》ったので、まったく同じ山刀が二本もある。

この上さらに……となると、いささか持て余してしまうので、スピカさんが気を利かせて、別のものを贈ってくれたというわけか。

「カッコいいデザインだね」

それは深い蒼《あお》で染められた、山刀の鞘《さや》だった。左腰に二本まとめて差せるように、剣帯までついている。

これなら派手ではないので、学園に持っていくこともできるだろう。

表面に薄く、ドラゴンの模様が刻まれているのがカッコいい。

「これは私の皮を使って作った鞘よ」

「……ハイ？」

待って、ただでさえ山刀だけでも国宝級だというのに、この上スピカさんの皮でできた鞘とか、わたしの持ち物だけで国が買えちゃうんじゃない？

「そんな品を貰って大丈夫なの？」

「むしろ私の皮でも使わないことには、その山刀の切れ味を抑え込めないでしょ」

「そりゃあ、たしかに……」

今は布を巻いてごまかしているが、ちょっと振るだけでその布すら両断してしまう。

切れ味だけなら、以前の山刀すら超える代物だった。

これを納めるには、確かにスピカさんの皮でも使わないと無理かもしれない。

「だからって……うーん……？」

正直山刀だけでも、持ち歩くのが怖いほどの品である。

鞘までこんな有様でいいのだろうかと考えてしまう。

「ティスピンは私の贈り物は喜んでくれないのね」

悩むわたしを見て、スピカさんはわざとらしく悲しんでみせる。

もちろん泣き真似《まね》であることは百も承知だ。それでも、この贈り物を受け取らないという選択肢は、わたしにはなかった。

「ううん、ちょっとびっくりしただけだよ。ありがとう、大事にするね」

「そう言ってもらえてうれしいわ」

花が咲くような、見事な笑顔を浮かべるスピカさん。きっとその笑顔一つで、この町の男性の半分は言うことを聞いてくれるだろう。

問題はそれを向けているのがわたしだということだ。まったくの無駄である。

とはいえ、スピカさんが頑張って作ってくれた品なのだから、うれしくないはずがない。

ふと思い至って、テーブルの横に控えるゴエティアに視線を飛ばす。相変わらずの仏頂面《ぶっちょうづら》に、少しからかってやりたくなった。

「ゴエティアはなにかくれないの？」

「なぜ、我が――」

「もとはと言えば、ゴエティアが山刀を壊しちゃったからだし？」

「ぐっ、それについては何度も何度も謝罪をしておるだろうに……」

「それはそれ、これはこれかな？」

「……今は手元になにもない。そのうちなにか贈ろう」

「冗談だよ。変に気にしないで」

ゴエティアからなにか贈られても、それはそれで扱いに困りそうだ。

ラキやスピカさんに匹敵《ひってき》するほど世間を知らないのだから、きっとわたしが頭を抱えそうな贈り物をしてくるに違いない。

「そういえば山刀の力なんだけど、ティスピンは剣身に靄《もや》を纏《まと》わせることができるんだっけ?」

「うん。違うの?」

「そうね、間違いじゃないけど、本来の力は発揮しきれていない感じかしら」

山刀の力は刀身に沿って靄を発生させるので、非常に使いやすい。

しかしスピカさんから見れば、それは力の一端でしかないようだった。

ならば、本来の力とはどういうモノなのだろう?

「本来の力って?」

「山刀の力はティスピンが持つドラゴンの力を具現化させるモノよ。だから、靄を出す程度で済むはずがないの」

「そんなに違うのかなぁ」

バイコーンを紙のように斬り裂いた一件から見ても、この山刀の力は凄《すさ》まじい。

本来ならバイコーンも魔獣の仲間である。その皮膚の分厚さや体力は、そこらの獣の比ではない。

それを一蹴する力を発揮できるのだから、わたしから見れば充分な力だと思うのだけれど。

「ちなみに効果の検証は私も行っていないから、どれくらいの力が出せるか、私も分かっていないわ」

てへっ、とばかりに舌を出して見せるスピカさん。仕草《しぐさ》は可愛《かわい》いけど言ってる言葉は恐ろしい。

なにせ効果を発揮させようと竜気を込めた瞬間、壊れてしまうかもしれないからだ。

壊れるだけならばまだいい。爆発したりしたら、どうするつもりなのだろう？

「そんな怖いの渡さないでよ」

「使わないくらい安全な生活を送ればいいだけよ。今後は自重してね？」

スピカさんは、暗にわたしがロニーと海賊のアジトに乗り込んだことを指摘している。

わたしも無謀だったことは今になって自覚しているので、神妙に謝っておいた。

「はぁい、もうしませーん」

「よろしい」

ウンウンと頷いて食器を片付け始めるスピカさん。それを横目に見ながら、ラキは別の話題を持ち出した。

「それはそれとして、ティスピン？」

「なぁに？」

「実はリタのことなんだが……」

リタの名前が出たことで、わたしの身体がピクッと反応する。

友達のことをラキが口にするのは珍しいかもしれない。

「彼女に竜気纏粧《ドラゴノート》を教えるのはどうだろう?」

「竜気纏粧《ドラゴノート》を?」

あれは竜気を身体に纏わせることによって身体能力を強化する、ドラゴン版の強化付与魔術だ。

ただしその効果は絶大で、無属性魔術の強化付与魔術とは比較にならない力を持つ。

それをリタに教えるというのは……あれ、無理があるんじゃない?

「でも、リタは竜気を持ってないから、使えないんじゃない?」

「そうだな、今はな」

「『今』はって、持たせることができるの?」

「ティスピンで実験済みだ」

「実験? 今、実験って言った⁉」

わたしの追及に、ラキはわざとらしく視線を逸《そ》らす。

騒々しくラキを追及するわたしを無視して、スピカさんは考え込んだ。

「そうね、ゴエティアはどう思う?」

「我は反対だ。これ以上ドラゴン臭《くさ》く……あ、いや、その、相性の悪い臭《にお》いに包まれるのは勘弁願いたい」

言葉の途中でラキに睨《にら》まれ、尻《しり》すぼみに勢いが落ちていく。

だが精霊とドラゴンの相性の悪さというのは事実なので、これを責めようとは思わない。

「まぁ、ゴエティアの意見だとそうなるわよね。私としては賛成なんだけど」

「スピカさんも？」

「ええ。リタちゃんは精霊魔術の相性が悪い。ならドラゴンの技を覚えても損はないもの」

「それは、確かに……」

ドラゴンの技を使えば、精霊に嫌われ、精霊魔術の威力が極端に落ちる。それはわたし自身が実証済みである。

今後リタが竜気纏粧《ドラゴノート》を覚えれば、わたしと同じ問題を抱えることになるだろう。

「なんにしても、リタの意見次第じゃないかな？」

「それはそうなんだけど、どうやって説明するつもり？」

「えっ？」

スピカさんの疑問に、わたしは目をぱちくりさせた。

言われてみれば、ドラゴンの技を教えるということは、ラキやスピカさんがドラゴンであることを知らせねばならない。

ただでさえドラゴンの襲来に怯《おび》えている町で、友人の保護者がドラゴンだと知ったらどう思われるだろう？

「怖がられちゃう……かな？」

「その可能性は、少なくないわよねぇ」

「まぁ、俺も話を急ぎすぎたかもしれんな」

わたしとしても、リタやエミリーにドラゴンのことを知ってほしいとは思う。

しかしそれは今ではないと、改めて思い知ったのだった。

◇◆◇◆◇

その日、リタは自分用の訓練具を受け取ってティスピンの家から帰る途中だった。

身体強化魔術の適性を示したことで、彼女は戦闘訓練を受けるようになっていた。

その結果、彼女に適した武器は長柄《ながえ》の重量武器が向いていると判断され、その訓練用に鉄棍《てっこん》を作ってもらっていた。

長さ百五十センチ程度の鉄の棒。握りやすいように六角形をしている。

自分の身長と同じほどもある武器を持ち歩くのは結構大変だと思いつつも、身体を鍛えられるからいいか、などと気楽に考えていた。

「でも、ラキさんには全然当たらなかったなぁ。いや、当たったら大変なんだけど」

試しに振ってみるように言われて素振りを繰り返し、軽く模擬戦をしてみたのだが、掠ることもできなかった。

触れること自体はできていた。手のひらで逸らされ、いなされ、いいようにもてあそばれただけだ。

「エミリーちゃんが『ラキさん、強いよ』って言ってたけど、本当だったんだなぁ」

過去にラキが魔獣を倒したという話はエミリーから聞いていた。

それを証明するかのように、ティスピンからもラキの強さは伝えられていた。

しかしそれを目にしたことがないリタは、一見優男に見えるラキの強さに懐疑的だった。

だがそれも手合わせするまでの話だ。

実際に対峙《たいじ》してみると、ラキの強さの底がまるで見えなかった。

もちろん、リタに相手の強さを測れるほどの経験があったわけではない。それでも、自分と格の違う強さを持っていることだけは実感できた。

まるで人間を相手にしているとは思えないほどの、底知れない威圧感。

訓練だというのに恐怖で身が竦《すく》みそうになったほどだった。

「ハァ……騎士さんも怖そうだったし、強そうな人ってたくさんいるんだ」

先日、ティスピンと水着を買いに行った時に出会った騎士の姿を思い出す。

あの時の騎士は、ただ入り口横に立っていたにすぎない。

だというのに、まるで猛獣の横をすり抜けるような重圧を感じていた。

グレンデルの街は現在、救難部隊として派遣された騎士たちが駐留している。

街中でもその姿を見ることは、頻繁にある。

王都のエリートたちだけあって、グレンデルの駐在騎士と違い自信に満ち溢《あふ》れていた。

グレンデルの騎士たちの、どこか『近所のおじさん』然とした気安さが、欠片《かけら》もないのだ。

ラキですら、訓練の時以外は非常に気安そうに見えるというのに。

「うわぁ、思い出しただけで手に汗が……」

ラキとの立ち合いや、騎士の威圧感を思い出したせいだろうか？　リタの手のひらは汗でびっしょりと濡《ぬ》れていた。

重い鉄棍が汗で滑る感触がして、無意識に握り直す。

そこへ、カツンと硬い音が響いてきた。

まるで、鉄で木を叩いたかのような、金属同士を打ち合わせる音とは違う、鈍い音。それ自体は、街中でもよく聞かれる音だ。

しかしその音が聞こえてきたのは、表通りからわずかに中に入った、薄暗い路地。

かつてロニーという商人が密談していた場所の雰囲気に、限りなく近い。

「なんだろ？」

特になにか不審に思ったわけではない。ただ好奇心に導かれて、路地に顔を突っ込んだだけだった。

しかしそれは彼女にとって最悪の結果を導いた。

路地の奥には、金髪の少年が倒れていた。

それは最近見かけた少年の姿だ。先日、服飾店で挨拶を交わした、貴族の少年だった。

「わっ、大丈夫、ですか？」

とっさに少年のもとに駆け付けたリタだが、そこで初めて彼が一人ではなかったことに気付いた。

表通りからは死角になった場所。そこに先日見かけた騎士が右肩から血を流して倒れていた。

そして、その横にはフード付きのマントを頭からかぶって顔を隠す小さな人影。

はっきりとは見えないが手には獣のような爪が伸び、その爪からはポタリポタリと血が流れていた。

「ヒッ⁉」

それに気付き、引き攣《っ》ったような声を上げるリタ。少年の横で、石のように固まってしまう。

声に反応したように、人影はリタへと視線を向ける。

「あ、ああ」

「あなたは……リタさん？　危ない、逃げてください！」

少年――アベルが硬直したリタにそう声をかけ、突き飛ばして彼女を救おうとする。

同時に人影はリタに向かって飛び掛かる。

「きゃあっ⁉」

跳躍し壁を一蹴りしてリタの頭上から襲い掛かる人影。そこへ右肩から血を流していた騎士が体当たりをして弾《はじ》き飛ばす。

「ぐっ！」

「そこのお前、アベル殿下を連れてここから逃げろ！」

騎士の体当たりを受けて、人影が鞠《まり》のように跳ね飛ばされる。

その拍子にフードが外れ、人影の顔が露《あら》わになった。

茶色い髪に尖った獣の耳。黄色い毛並みの耳の先だけ黒く染まっているところから、狐のもののようにも見える。

「やはり——獣人か？」

現れた姿を見て、騎士が予想していたかのように呟く。

最初、肩を切り裂かれた時の動きで、人間ではあり得ない身体能力をしていたからだ。

「早く行け！　騎士団に救援を——」

そこまで言って、彼はリタが震え、立ち竦んでいることに気が付いた。

彼女は鉄棍を持っているにもかかわらず、構えることすらできずに硬直していた。

「チッ、一般人には荷が重いか」

リタは見るからに一般人だ。彼からすれば、なぜ鉄棍を持っているのか、謎に思えるくらい。

しかし現状、彼女が動けないのでは、なんの意味もない。

今この瞬間、戦えるのは自分だけと覚悟を決め、騎士は立ち上がった。

しかし右肩は深々と切り裂かれ、剣を抜くことすらできずにいる。おそらくは、彼の戦闘力を奪うために、あえて致命傷ではなく、右肩を狙《ねら》って襲い掛かったのだろう。

その判断は、確かに功を奏していた。

「アベル殿下、彼女を連れて……お早く！」

「しかしガストン、お前は――!?」

「私のことは構わず！」

リタを見捨てようとしなかっただけでも、彼の騎士としての矜持《きょうじ》は見て取れる。

しかし震えるリタはそれに気付く余裕すらなく、その場に膝《ひざ》をついた。

まるで駄々をこねるかのように首を振り、肩を押さえて震えるだけだ。

「分かった、すぐに助けを呼んでくるからな！　リタさん、早く立って」

震えるリタの手を取り、立ち上がらせようとするアベル。

しかしそうはさせじと獣人が再び跳躍した。

右肩が動かないため、剣を抜けない騎士ガストンがその身を盾《たて》に立ち塞《ふさ》がろうとする。

しかし細い路地の壁を蹴って、変則的な動きをした獣人はガストンの頭上を越えてリタの手を引くアベルへと襲い掛かった。

そこでようやく正気に戻って、自分とアベルの状況に思いが至る。

このままでは、自分はもちろん、目の前の少年の命すら危ない。

そう考えが至ると、力の入らない足に喝を入れ、どうにかアベルに覆いかぶさることに成功する。

二人の様子を見て絶望に染まるガストン。しかしそこに甲高《かんだか》い声が割り込んできた。

「これを使って！」

凄まじい勢いで投げつけられた小剣。いや、山刀。

それは獣人の動きを妨げ、そのまま一直線にガストンの目の前の壁に突き刺さった。

◇◆◇◆◇

それに気付いたのは、本当にただの偶然だった。

リタの身体強化からの戦闘訓練。その熱の入った組手を見て、なんとなくわたしも身体を動かしたくなった。

それで山刀を構えて型を流して動きを確認していた。

最近は、二刀流による関節が一つ増えたような違和感は消え、手足のように両手の山刀を扱えるようになってきていた。

そんなわたしの足元で、小さな石を踏んだような感触があった。

見てみると、獣の牙《きば》をあしらったようなネックレスが転がっていた。

それはリタがいつも身に着けているものだった。

「これって、リタの？」

「どうかしたか？」

「うん、リタが忘れ物したみたい」

大して掻いてもいない汗を拭いていたラキが、ネックレスを拾ったわたしの手元を覗き込んでくる。

「ノーデンの特産品だな」

「ノーデンって北大陸のこと？　じゃあすごく遠くの品なんだ？」

「かもな。この東大陸では結構貴重かもしれん」

「なら、なくして困ってるかもね。返してくるよ」

「今なら追いつけるな」

リタは先ほど帰ったばかりだ。エミリーは今日は自宅で勉強中なので来ていない。

どうせすぐ戻ってくると考えて、わたしは運動着から着替えずにそのまま外に飛び出して行った。

リタの家は知っているので、夕刻の通りを駆け抜けていく。

その途中、悲鳴のような声が聞こえてきた。

「しかしガストン、お前は――!?」

路地の奥から聞こえてきた声は、どこかで聞いたことがある気がした。

なによりも、その甲高い声が子供の声であると分かる。

子供が切羽詰まった声でなにかを叫んでいる。そんな場面に出くわして、興味を抱くなというう方が無理だ。

わたしは路地を覗き込み、そこでへたり込んだリタと、彼女に襲い掛かろうとする獣人の姿を目にした。

奥には騎士の姿、そしてリタのそばには王子様の姿がある。

リタは腰を抜かしたのか、完全にへたり込んで身動き取れない様子だ。

そして、リタの頭上から襲い掛かろうとする獣人の姿。

王子様を守るように、覆いかぶさって守ろうとするリタ。

それを見て、わたしは反射的に腰の山刀に手をかけた。

「これを使って！」

戦えそうなのは騎士一人。怪我《けが》をしている様子だけど、山刀なら片手でも扱える。

わたしは彼の目の前に山刀を投げつけ、もう一つを自分で構える。

騎士もとっさに山刀を左手で引き抜き、獣人に襲い掛かった。

わたしの一投で体勢を崩していた獣人は、騎士のそばに着地していた。

そのまま目標を変更し騎士に向かって爪を振るうが、その爪は山刀によって切り飛ばされた。

ディアの生み出した山刀はラキのものと同じ性能を持っている。そこらの獣の爪など、紙のように切り裂けてしまう。

「ぎぁっ！」

爪を切られたことで痛みを覚えたのか、獣人が悲鳴のような声を上げる。

その声は幼さが残っていて、獣人がまだ大人でないことが把握できた。

「――竜気纏粧《ドラゴノート》！」

わたしは身体能力を強化した後、一気に背後に迫って山刀の峰でこめかみを狙って殴りつけた。

体勢を崩していた獣人はその一撃をまともに食らい、出血しながら倒れ込む。

脳震盪《のうしんとう》を起こしたのか、ふらつく足で立ち上がろうとした獣人を、今度は下から払うようにして斬り付けようとした。

「待て、それ以上はもういい！」

しかしそこへ騎士の制止の声が飛んできた。反射的にわたしは手を止める。

確かに騎士の言う通り、獣人の子供は気を失っている様子だ。

とはいえ、敵であることには変わりない。わたしからすれば、納得のできない言葉だった。

「なんで？　こいつはリタを襲ったんだよ」

「襲われていたのは殿下だ。それに、まだ子供だ……」

騎士がわたしと獣人の間に割り込むように立ち塞がってくる。

確かに襲撃者の獣人は、まだ子供だ。わたしたちより少し年上かもしれないけど、それほど年齢は変わらなさそうに見える。

そこまで言われて、わたしの頭も冷えてきた。

子供を襲撃者に使った連中にこそ怒るべきであって、利用された子供に関しては情をかけるべき……だろうか？

魔獣との戦いが日常だったオース大陸ではあり得ない思考だけに、わたしも戸惑ってしまう。

「えと、えと……そっか！　背後関係とか聞き出す必要があるから、とか？」

「あ？　ああ、まぁ、そうだな」

「なら、止血もしておいた方がいいね。騎士さんも」

「そうだな、頼む」

騎士の方からの出血も、かなりの量に見えた。

わたしは手持ちのハンカチなどを使って肩を縛り、彼の止血を行う。

そのあと、獣人の子供の傷も治療にかかった。

「あれ？　この子、女の子だ」

「なに……?」

「あ、騎士さんは見ちゃだめだよ。子供でもレディなんだから」

「わ、分かっている!」

とりあえず服を脱がせてその服を使って傷口を圧迫止血する。

とはいえ、清潔な布ではないので、できるだけ早くきちんと治療した方がいいだろう。

「とりあえず止血はしたけど、ちゃんとした治療をしてもらった方がいいと思う」

「……分かった。とにかくこいつは騎士団の詰め所に連れて行く。それと助けてくれて、礼を言う――」

そこで騎士は言葉を失った。じっとこちらを見つめてくる。

「それはどうも……って、なにか?」

「あ、いや。なんでもない。そうだ、後日改めて礼を言いたいので、君の名前を教えてくれないか?　あと住所も」

わたしとしても、リタを助けることが最大の目的だったのだから、あまりお礼を言われることじゃない気がしないでもない。

ともあれ、彼女が無事だったのだから一安心だ。

「そんなの別にいいよ」

「いや、ぜひ」

妙に圧を感じる口調に、わたしは思わず名前と住所を教えてしまった。

本当は見ず知らずの人に教えてはいけないのかもしれないが、近衛《このえ》騎士というしっかりした身分の人だし、問題はないだろう。

「ティス、ピンちゃん……？」

「うん、平気？」

目に見える怪我はないはずだけど、服の下に怪我をしている可能性はある。

男性の目があるので、服の下まで確認はしていない。

「うん、平気。どうしてここに？」

「あ、そうだ。ほらこれ、忘れてたでしょ」

「あ、わたしのネックレス！　わざわざ持ってきてくれたんだ」

「そうだよ。そしたらこの状況だったから、びっくりしちゃった」

「うん、わたしも」

安堵《あんど》からか、にへらと笑うリタにわたしも微笑み返す。

そこへ、王子様が割り込んできた。

「リタさん、すみませんでした。僕の事情に巻き込んでしまって」

「いえ、そんな。それより、命を狙われるようなことが？」

「それは……その、一般の方には少し話しづらいというか……」

「あ、そうですよね！」

これがウィーザン隊長の言っていた、偉い人の権力闘争のドロドロなのかもしれないので、わたしはリタの脇をつついてそれ以上の追及をやめさせた。

リタもそれを察したのか、両手を振って言葉を遮《さえぎ》る。

王子様には不敬な行動かもしれないが、ここは勘弁してもらおう。

「殿下、とにかく一度騎士団の方へ——!?」

そこで騎士が、まだわたしを見ているのに気付いて硬直する。

露骨に、まじまじとわたしの顔を覗き込んでくるので、非常に居心地が悪い。

「あの、なにか？」

「いや……その、君はどこの出身なのかな？」

「え、えっと、辺境の小島ですよ。山があって森があって沼がある……」

これまでのわたしの経歴詐称《さしょう》の作り話を統合すると、そんな感じの島になる。

なんだか変な感じではあるが、ここで適当な話をすると、矛盾を追及されかねない。

「そう、なのか……いや、失礼した。知人の面影《おもかげ》があったせいで、勘違いしたようだ」

そう言うと騎士は一礼し、獣人の子供を担ぎ上げる。

そして王子様を促し、路地から出て行った。

周辺に視線を飛ばしているところを見ると、まだ襲撃の可能性があるのかもしれない。

わたしはこれ以上巻き込まれないように、リタと一緒に路地から抜け出し、彼女を家まで送り届けたのだった。

第三章 ✦ 竜の娘と小旅行

Wizard of Dragon's Roar

アベル王子と騎士のガストンが襲撃者の少女を連れて立ち去った後、わたしはリタの様子を窺《うかが》った。

見たところ、怪我《けが》をした様子がないので、ガストンが頑張って守ってくれたのだろう。

「リタちゃん、平気?」

「う、うん。でも、ちょっとびっくりして足が……」

へたり込んだままの彼女はそのまま立ち上がる様子を見せず、ガタガタと震えたままだった。

いくら襲撃に巻き込まれたとはいえ、この様子は少しおかしく感じる。

だって彼女は、ラキやウィーザン隊長から戦闘訓練を受けているからだ。

もちろん、習い始めたばっかりなので、いきなり実戦に対応できるわけではないけど、ここまで怯《おび》える様子はなかった。

暗殺者といっても子供の獣人。訓練時のラキと比べるべくもない。

そのラキと対峙《たいじ》する彼女が腰を抜かすなんて、あり得ない。

「らしくないよね。ラキの方が怖そうなのに」

「えっと、相手が獣人だったから……」

「獣人だと、ダメなの？」

「その、ね」

わたしは口篭《くちご》るリタに肩を貸し、少し強引《ごういん》に立ち上がらせた。

ここは襲撃現場なので、いつ別の襲撃者がやってくるか分からない。早々に立ち去った方がいいに違いなかった。

ひょっとするとすでに監視されている可能性もあるので、監視魔法の観竜方陣《カルプロール》を使用して周囲を探る。

「……観竜方陣《カルプロール》」

「え、なに？」

「んー ん、なんでも」

小声で唱えたのだけど、やはり至近距離だったので聞き取られたらしい。

もっとも意味が分からなければなにをしているか分からないだろうから、首を振ってごまかしておく。

それにわたしも、それどころではなかった。

観竜方陣《カルプロール》を使ってみたはいいものの、町中ではとんでもない生命反応が返ってきて、頭痛に悩まされていたからだ。

「なんだか、ティスピンちゃんも体調悪そうだけど……？」

「大丈夫、ちょっと変なことしちゃっただけだから。それより、なんで獣人がダメなのか、続き聞いていいかな？」

「うん」

わたしが先を促したことで決心が付いたのか、先ほどよりははっきりとした口調でリタは先を続けた。

「わたしんちはもともと、北大陸のノーデンで商売してたんだ」

「そうなんだ？　すごい！」

「えっ、すごいの？」

「うん。わたしは東大陸しか見たことないから」

正確には中央大陸も見たことあるけど、そこは内緒である。

とはいえ、本で読んだ北大陸の情報だと、寒くて雪がよく降り、力自慢の獣人たちが独自の集落を作って暮らしているらしい。

情緒的にも思える描写に、一度は観光に行ってみたいと考えていた。

まぁ、わたしにとってはどの大陸も未知の領域なので、見に行きたい場所だらけなのだけど。

「そっかぁ」

「あ、ごめん。話が逸《そ》れちゃったね。それで？」

「うん。獣人たちは『強さがすべて』って人たちばっかりだったから、人間のわたしたちは結構酷《ひど》い目に遭ってたんだ」

「え、そうなの⁉」

リタを酷い目に遭わせるなんて、許せない。わたしの中で獣人に対する好感度が、音を立てて暴落していた。

「そうなの。パパも、力ずくで無理やり値引きさせられたりしてたよ」

「それって、犯罪じゃないの？」

「一応両者合意の上での割引ってことになるから。無料まで下げちゃうと、さすがに犯罪扱いされちゃうけど」

「うわぁ、厄介《やっかい》だなぁ」

ノイマンさんは見るからに普通の商人。トニーのように危ない橋に慣れているという感じでもなかった。

そんな人が力自慢の獣人に脅されたら、確かに言いなりにされてしまいそうだった。

「人間は北大陸だと弱者扱いだったから、わたしもイジメられたりしてたよ」

「ひっどいなぁ」

「そうだよね！　だからパパは東大陸で商業権を取るのに頑張ってお金を貯めていたんだけど、それが逆に恨《うら》みを買ったり……ね」

お金を貯めると恨まれる、真っ当に商売すらさせてもらえない。

「八方塞《ふさ》がりじゃない」

そりゃあ、逃げ出したくもなるってものだ。

「わたしもイジメられてたから、その時のことがトラウマになっちゃっててね。久しぶりに獣人を見たから固まっちゃった」

訓練を積んでいる彼女が身動き取れなかったのは、そういった事情があったからか。

彼女が最近グレンデルの街にやってきたのは知っていたけど、そんな事情があったとは知らなかった。

「無事でよかったけど、なんだかそんな話を聞いちゃうと、北大陸の憧《あこが》れが消えちゃうなぁ」

「だよねぇ」

厳しい環境だから、身体能力至上主義になるのは理解できるが、だからと言って横暴が許されるわけじゃない。

むしろそんな思考回路になるのなら、わたしやラキは王様にだってなれる。そんな面倒なことはしたくないけど。

「だからあの騎士様が助けてくれて、助かっちゃった」

「ガストンさんって呼ばれていたっけ」

「騎士団にいるみたいだから、会えるかもしれないね」

わたしとリタは、ウィーザン隊長の許可を得て、練兵場に出入りしている。

ひょっとしたら、その時に顔を合わせることもあるかもしれない。

現にあのアベル王子も宿舎からこちらを見ていたし、運が良ければ挨拶《あいさつ》くらいはできるんじゃないだろうか？

さすがにアベル王子と直接言葉を交わす機会はないかもしれないけど、ガストンさんにリタを助けてくれたお礼を言うくらいはできると思いたい。

夕方になってわたしは屋敷に戻り、みんなで食事を楽しんでいた。

リタに聞いた話をラキにも知らせ、彼女が獣人に対して苦手意識を持っていることも知らせておく。

こういったことは彼女の教育方針にもかかわるため、黙っておく方が良くないと判断したからだ。

「リタが獣人にねぇ？」

「別にあんな連中、全然怖くないのにね」

「スピカさんたちに比べたら、そりゃ怖くないよ」

生態系の頂点とも言えるドラゴンの、さらに頂点に君臨しているんだから、怖いものなどないだろう。

むしろ敵に回したら、獣人たちの方が滅びかねない。

「彼女の事情については理解した。まぁ、商人の娘なのだから、別にこの先問題があるということもないだろう」

「戦うわけじゃないからね。わたしもだけど」

「お前はもう少し警戒心を持て。昔、フォレストリンクスに向かって、無防備にモフりに行った時はさすがに焦《あせ》ったぞ」

「か、可愛《かわい》いかったんだから、しかたないの！」

かつてフォレストリンクスという二メートルを超える猫の魔獣に触りたくて、吶喊《とつかん》したことがあった。

さすがに触る前に威嚇《いかく》されたし、ラキに止められたから事なきを得たけど、オース大陸では命にかかわる危険な行為だと今では分かる。

この時の印象の影響で、わたしの中の『猫』のイメージは二メートル超えというサイズになってしまっていた。

いつか、ちっちゃ可愛い猫を飼ってやるんだ。どこかにラキとスピカさんを怖がらない猫が落ちていないかなぁ？

「ティスピン、猫を飼いたいからって猫獣人を拉致《らち》ってきたらダメだからね？」

「そ、そんなことしないし」

言いつつもうっかり視線を逸らせてしまう。小さな子だったら可愛いかもとか思ってしまった結果だ。

「連れてきちゃ、ダメだから、ね！」

「う、うん」

露骨に視線を逸らせたことで、わたしの思考を読み取ったのか、スピカさんはわたしの頭をガシッと摑《つか》んで視線を合わせ、念を押してくる。

もちろん、わたしだってその程度の常識はあるので、おとなしく頷《うなず》いておいた。

「でもさ、わたしの周辺って厳《いか》ついのばっかり寄ってくるんだもん。ゴエティアとか」

「気持ちは分かる」

「分かるな。というか我をペット扱いするな」

食事の必要がないゴエティアは、基本的にあまり姿を現さない。

食事時もあまり顔を見せないのだけど、こうして悪口を口にするとすぐさま顔を出してくる。

そういうところは、なんだか犬っぽく見えないこともない。

「ゴエティアはバーゲストみたいだし」

「我をあのようなイヌッコロと一緒にするな」

バーゲストはオース大陸に存在する大型の犬である。体高は三メートルを超え、巨体による体当たりは小屋を一撃で吹っ飛ばす。

その後怒り狂ったラキのアッパーで星になったのはいつものことだ。

しかも巨大なだけでなく炎まで吹くので手に負えない。実にゴエティア似と言えよう。

憤慨するゴエティアをさらにからかおうとした時、呼び鈴の音が聞こえてきた。

「こんな時間に、誰だろ？」

「さぁ？　心当たりはないな」

わたしの疑問にラキは首を振り、スピカさんとゴエティアもそれに倣う。

ともあれ、放置するわけにもいかないので、スピカさんが応対に出た。

表情の乏しいラキや、威圧感が漏《も》れまくっているゴエティアでは、ご近所付き合いに向いていない。

誰が来たのかと興味津々で耳をそばだてていると、玄関からスピカさんの声が聞こえてきた。

「あら、ライオネルさん？」

「ええ。お久しぶりです、スピカさん」

「こんな時間になにか？」

「それが……いや、その……」

どうも歯切れの悪い言葉を返すライオネル。どうやら、やってきたのはエミリーの父であるライオネルらしい。

「それが、エミリーが今度の休みに泳ぎに行きたいと行ってましてね。良ければ皆さんも一緒に思いまして」

「泳ぎに、ですか？」

「はい、泊まりがけで穴場の海に。リタちゃんも誘ってますので、どうでしょう？」

「そうですね、私だけでは決められませんので、急ぎでなければ後でお返事するということで構いませんか？」

「ええ、もちろん」

そう言うと別れの挨拶を残して、ライオネルさんは帰って行ったようだ。

それにしても、遊びの誘いにライオネルさん直々にやってくるとか、なんだか様子がおかしい気がする。

しばらくして食堂に戻ってきたスピカさんは、わたしたちを見て軽く肩を竦《すく》めた。

「その様子だと聞いてたみたいね。どうする？」

「海に泳ぎに行くんでしょ。わたしは大歓迎だよ。特訓の成果を見せてやるんだ」

「俺《おれ》は別に構わんぞ。仕込みはすでに終わっているし、朝晩の攪拌《かくはん》と温度管理が問題だが……」

ふむ、ゴエティアにまかせようか」

「なぜ我が……いや、なんでもないです」

ゴエティアは異論があるようだったが、ラキのひと睨《にら》みでしおしおと勢いをなくす。哀れな。

「じゃあ、明日エミリーに行くって返事しておくね」

「こっちも旅行の準備をしておこう。泊まりがけと言っていたからな」

「ラキも聞き耳を立てていたのね。別にいいけど」

足の届いていない椅子《いす》から飛び降り、わたしは鼻歌交じりに自室に向かう。

「それじゃ、わたしはもう寝るね。今日は特訓で疲れちゃった」

「疲れただけで済んでるんだから、ティスピンも成長したわね。前は三日は寝込んでいたのに」

「成長期ですから」

「背は全然伸びていないけどね」

「ひどい!」

わたしはスピカさんの背中を拳《こぶし》で叩《たた》いたが、まったく効いた様子がない。

もちろん手加減はしていたのだけど、それでもわたしの力なら結構痛いはずなんだけどな。

さすがの耐久能力に感心しながら、わたしは自室に戻ったのだった。


翌日、わたしはすっきりとした気分で目を覚ますことができた。

時間の流れを遅くする結界での特訓も慣れてきたので、疲れを翌日に残すようなこともなくなった。

もっとも、ラキに言わせると若さゆえの回復力の高さらしい。

いつものように顔を洗い、食事をとる。

ラキとスピカさん相手に談笑し、ゴエティアをからかいつつ時間を過ごすとリタとエミリーが迎えに来た。

「ティスピンちゃん、学校いこー」

「はぁい」

鞄《かばん》を背負って、玄関へ走っていく。

いつものことなので、スピカさんもラキもなにも言わない。最初の頃《ころ》ははしたないとか落ち着きがないとか散々言ってきたのに。

それだけこの生活に慣れてきたのかと思いつつ、玄関を飛び出してエミリーたちと挨拶を交わす。

「おはよう、エミリーちゃん、リタちゃん」

「おはよう。今日も元気だね」

「おはよう。走ってくることないのに」

「えへへ。ついね」

いつもの通学路をいつもの時間に、いつもの友達と歩いていく。

グレンデルの街の大通り。早朝なので店はあまり開いていない。

しかし、朝から働きに行く労働者のための食べ物屋台はそこそこ開いていた。漂ってくるいい匂いにお腹《なか》が鳴る。

「お腹が……」

「さっき朝ご飯食べたんじゃないの？」

「パンとハムとサラダだけだったから」

とはいえ、辺境での生活を考えると、非常に恵まれた食事だ。

今日の場合、昨日の特訓の影響で、身体《からだ》がご飯を求めているだけである。

「それだけ食べれば充分だと思うけど」

「わたしは足りない。それより、昨日ライオネルさんから聞いたんだけど」

「あ、お泊まりで泳ぎに行くことかな？」

「うん。お世話になりますって伝えてくれるかな？」

「やった、じゃあ一緒に遊びに行けるんだね」

わたしの右手を握っていたエミリーがぴょんぴょんと跳ねる。

リタもわたしの左手を摑んで、一緒に跳ね始めた。

おかげでわたしの両手が強引に上下させられ、少し痛い。

「あの、ちょっと痛い」

「あっ、ごめんね」

「わたしも調子に乗っちゃった」

「別にいいんだけどね」

ラキたちに鍛え上げられたわたしが、この程度でどうにかなるはずもないし。

手を取って飛び跳ねられることはなくなったけど、なぜか両手は掴まれたまま、大きく手を振って登校する。

周囲から突き刺さる、生温かく微笑《ほほえ》ましいものを見る視線が妙に痛い。

エミリーたちは気にした風ではないのだけど、時間を引き延ばす特訓をしすぎたわたしからすると気恥ずかしい。

そんな思いをしつつ、校門をくぐると、そこに見慣れない一団がいた。

いや、見慣れてはいるが、ここで見るはずのない一団だ。

「あれ、騎士団？」

「うん、みたいだね」

父親が騎士団所属のエミリーと、わたしと共に騎士団に訓練に通っているリタは、あまり驚いた様子はなかった。

しかし他《ほか》の生徒たちは、見慣れない武装集団に緊張した面持《おもも》ちで横を通り過ぎていた。

「なんでこんなところに騎士団が？」

「わたしも分かんない。エミリーはなにか聞いてる？」

「ん～ん、ぜんぜん」

リタが尋ねても、肝心のエミリーは首を振るばかりだった。

もっとも、軍事的な行動を家族に漏らしたりしないだろう。ライオネルさんはその辺はしっかりしてそうだったし。

だとすると、なぜ魔術学園に騎士団がやってきているのだろう？

そう考えていると、騎士団の中から一人の少年が進み出てきた。

いや、少年と呼ぶには幼すぎる子供だ。

彼はこちらに視線を向けると、太陽のようにまぶしい笑顔を浮かべ、駆け寄ってきた。

その後ろを、肩から右手を吊《つ》った騎士が追いかけている。

アベル王子と、その護衛騎士のガストンだ。

「リタさん、それにティスピンさん！　おはようございます」

「え？　あ、おはようございます、アベル様」

「えっと、おはよう？」

彼はグレンデル救済のための遠征軍の指揮官である。たとえ建前上《たてまえじょう》とは言え、その事実に変わりはない。

さらにこの国の王位継承者でもある要人だ。

そんな要人が、こんな普通の魔術学園に用があるのか？　その理由が分からない。

困惑に首を傾《かし》げて挨拶をするわたしと、とっさに貴人への礼を返す商人育ちのリタ。

エミリーは状況が摑めずきょとんとしていた。

「どうして、ここへ？」

「ええ。せっかく市井《しせい》に降りてきたことだし、学園というモノを一目見ておこうと思いまして」

「えっと、つまり……授業参観？」

「授業参観……というものがどういうのかよく分かりませんが、多分そんな感じかと」

学校とは縁遠い生活をしてきたからか、アベル王子は授業参観という言葉を知らないようだった。

それでも、わたしの推測を尊重し、同意を返してくれる。

「僕は学校には通えませんから、見学だけですけど……そうだ。よかったら皆さんが学園を案内してくれませんか？」

「わたしたちが？」

「はい。その、ぜひとも」

わたしたちに、と申し出ているが、アベル王子の視線はちらちらとリタに向けられていた。

昨日のことを思えば、リタに特別な想《おも》いを持ってもおかしくはない。

つまり、この授業参観はリタに会うための口実だと、ようやく思い至った。

「はは～ん？」

「どうしたの、ティスピンちゃん？」

「いえ、なんにもォ」

ニマニマ笑いが止まらない。もちろん身分差がある二人だから、結ばれることはない。

それでも、幼い日の思い出となるのなら、手伝うことは吝《やぶさ》かではない。

騎士団がここに押し寄せているのも、アベル王子を守るためだと理解できた。

昨日襲撃を受けたばかりなのだから、この対応は理解できる。

というか、よく外出を許可してもらえたものだと感心する。

ふと視線をガストンに向けると、こちらの視線に気が付いたのか、無念そうに首を振った。

つまり、彼らはアベル王子の強行を抑えきることができなかったというわけか。

足を止めて王子と話し続けるわたしたちを不審に思ったのか、校舎からコロン先生が駆け出してきた。

わたしたちより年下に見える先生は、アベル王子と同い年くらいにすら見える。

でも、中身はしっかりオバサンだから違和感が酷い。

「アベル殿下、どうかなさいましたか？」

「いえ、この方たちに学園内を案内してもらおうと思いまして」

「それは……構いませんけど、その……僭越《せんえつ》ながら申し上げますと、こういう行為は困ります」

「それは申し訳なく思っています。僕も時間があまりないので、急になってしまって」

そこでわたしは思い出した。アベル王子の襲撃は昨日。身を挺して自分を守ろうとしたリタに一目惚《ぼ》れし、今日会おうと思い立ったとする。

その口実である授業参観が学園側に知らされたのは何時《いつ》かと考えると、昨日の夜か今日の朝しかない。

急な王族の訪問、護衛の騎士団が押し掛けてくる展開。挙句の果てに、生徒に案内を頼むという展開。

受け入れる学園側としたら、胃に穴が開く思いがするはずだ。

かといって王族の願いを断れるはずもない。胃に穴の開く思いをしながらも、唯々諾々と従うしかないコロン先生たちだった。


三人でアベル王子を囲むように並び、最後尾を護衛騎士のガストンが務める。

そんな陣形のまま、学園をあちこち案内する。

「本当にたくさんの子供が集まっているんですね」

「まぁ、希望者はほぼ入れますから」

魔術学園は、簡単な筆記試験さえクリアできれば入学できる。学ぶために必要な最低限の読み書きと計算さえできれば、入学して魔術を学ぶことができるようになっている。

市民を幅広く受け入れ、誰もが魔術に触れて才能を取りこぼさないようにするという意思が、そこに見える。

オース大陸よりマシとはいえ、魔獣が跋扈《ばっこ》するこの世界では、才能を見過ごす損失は大きい。

それだけに生徒数も多く、これだけの子供を一度に見ることは、王族の彼からすれば初めてなのだろう。

「皆で授業を受けるところも見せてくれるんですよね？」

「ええ、まぁ。殿下がお望みなら」

本当はそんな緊張する状況で授業なんて受けたくない。

しかし王子の言葉となると否《いな》とは言えない。

「では、リタさんの教室に案内してもらえるんですね」

「は、はい」

決してエミリーやわたしの教室とは言わない辺り、目論見《もくろみ》がモロバレである

エミリーもそれに気付いたらしく、わたしと目を見合わせ、小さく笑いを漏らすのだった。

「精霊魔術の強さは、術者の魔力量と精霊との相性によって決まります」

黒板前の教卓に乗り、愛用のチョーク棒で器用に板書しながら、コロン先生が授業を進める。

いつもと同じ声色で、リズムよく板書しているのでいつも通りの様子に見えた。

しかし時折わたしたちの後ろに視線を向け、口元を引き攣《つ》ったように吊り上げる様子を見ると、かなり無理をしているようだ。

それもそのはず、わたしの席の後ろには——正確にはリタの席の後ろには、アベル王子が

ニコニコ顔で見学しているのだから。

隣には渋い顔をしたガストンも一緒にいる。そして校舎の外には騎士団がぐるりと周辺を囲み、不審者を警戒していた。

この状況に、コロン先生はもとより、生徒たちの顔も引き攣っている。

まるで砦《とりで》に篭《こも》って周囲を包囲されているかのような圧迫感だ。無理もない。

「あの、殿下？」

「なんでしょう」

「見学されるのは構いませんが、その……周辺の騎士たちはどうにかならないでしょうか？」

さすがに見かねたのか、コロン先生が苦情を述べる。

王族相手に堂々と異議を申し立てるのは、さすがの度胸だ。

授業のために王族に諫言《かんげん》するのだから、本当にいい先生だと思う。

機嫌を損ねるよりも授業を大事にしている証拠だから。

「あー、申し訳ありません。騎士たちは僕の護衛のためでして。僕もいらないと言ったんですが」

「尊き御身の安全のためです」

コロン先生に同意するアベル王子に、即座に反論するガストン。

彼らの立場からすれば、こう言わざるを得ないのは理解できる。

理解できるが、それとこれとは別問題である。

「そ、そうですか。ならしかたないですね……」

別問題ではあるが、王子の安全を持ち出されては、コロン先生では太刀打ちできない。

渋々ながら振り返り、板書の続きを始めた。

「強い精霊の助力を得られれば、それだけ効率の良い魔術が使え、逆に助力を得られない場合はどれほど多くの魔力を注《そそ》ぎ込んでも、高い効果は得られません」

何事もなかったかのように授業を再開したコロン先生だが、その頬《ほお》に一筋の汗が伝っている。

先ほどよりも、さらに緊張しているらしい。

そして同様に、わたしも緊張していた。

アベル王子がリタに懸想《けそう》して、彼女に視線を向けているのはまだいい。

しかし王子に付き従っているガストンが、なぜかこちらに視線を向けてくるのが気になる。

アベル王子のような好意と違い、そして敵意とも違う。

まるで困惑するような、しかし気になってしかたがないというような視線だった。

「なんでこっち見てるんだろうねぇ」

「ひょっとしてアベル王子のこと?」

わたしが疑問を口にすると、リタが独り言を聞きつけてきた。

コロン先生に聞こえないように、内緒話を始める。

「いやー、ガストンさんの方」

「そういえばこっち見てるね。王子様がティスピンちゃんを見てるからかな？」

「それは違う」

リタは明らかに王子がわたしを見ていると勘違いしていた。

しかし、それを指摘してやるのも、なんだか面白《おもしろ》くない。リタに対するいじわる的な意味ではなく、王子の方の試練という感覚が強い。

今まで話した感じ、素直で人当たりのいい良い子なので、印象は悪くない。

だけどなぜかこう……かまいたくなるというか、ちょっと意地悪したくなる気持ちになってしまう。

嫌いというわけではないのだ。それは絶対。


全校生徒と先生方の胃に穴をあけかねない授業参観がようやく終わり、わたしたちはアベル王子と最後の挨拶を交わしていた。

「今日は本当にお世話になりました」

簡単に謝罪してはいけない立場だからか、礼は言っても頭は下げない。

それでも、本当に申し訳なさそうな顔をされたのだから、怒るわけにもいかなかった。

「本当に、急にこういうのは困りますので、次からは前もってご連絡くださいね」

わたしたちと一緒に別れの挨拶をしに来たコロン先生が、そう苦情を述べる。

他の先生は完全に尻込《しりご》みしていて、顔すら出さないのだから、コロン先生が同席してくれるのは本当にありがたい。

「ええ、次があれば、ぜひ」

本当に次も来そうな返事を受け、コロン先生は苦笑を浮かべるしかできなかった。

その様子を見て、わたしたちも乾いた笑いを浮かべる。

とはいえ、長居するとどんなトバッチリが飛んでくるか分からないので、とっととオサラバするとしよう。

「それじゃ、先生。わたしたちはこれで」

「え、もう行っちゃうんですか？」

わたしの言葉に真っ先に反応を返してきたのは、アベル王子だった。

「申し訳ありません、週末の旅行の準備がありますので」

「ああ、そうなんですね。しかたありません。ではまた」

「はい。はい？」

予想以上にあっさり引き下がった王子に、わたしは少し首を傾げる。

リタに想いを寄せているにしてはあっさりしすぎている。少々、『もっと根性見せろ』と思わなくもなかった。

しかし、こっちを見るガストンの視線も怖いことだし、さっさと立ち去ることにした。

「それじゃ、わたしたちはこれで」

「先生さよーなら！」

「またねー」

三人揃《そろ》ってペコリと頭を下げ、ダッシュでその場から逃げ出したのだった。


アベル王子の学校訪問というトラブルがあったものの、他に大きなトラブルが発生することもなく、待ちに待った週末がやってきた。

ライオネルさんが手配した宿泊所までは距離があるため、宿泊所まで馬車で向かうことになる。

馬車の手配はすでにライオネルさんが済ませてくれていたので、待ち合わせ場所に向かうだけだった。

「おはよー、エミリーちゃん、リタちゃん！」

すでに待ち合わせ場所である西門前広場には、エミリーとリタが待機していた。

エミリーの父のライオネルと、リタの父のノイマンの姿も見える。

そしてグレンデル騎士隊長のウィーザン隊長と、遠征軍の近衛《このえ》騎士隊長ガストンの姿もあった。

「あれ、ウィーザン隊長とガストンさん？　ってことは……」

「おはようございます、ティスピンさん。今日は僕もお邪魔させてもらおうかと思いまして」

「えぇっ⁉」

案の定、アベル王子が姿を現した。

「こ、これは一体、どういう？」

わたしが驚きながらライオネルに尋ねると、彼は妙に疲れた表情で肩を竦めた。

「その様子じゃ、仕込みだったんですね？」

「まぁ……否定はしないよ」

エミリーや彼女の母であるナタリーでなく、ライオネルが話を持ってきた段階で、おかしいとは思っていたんだ。

でも夜中だったたし、そういうこともあるかと思ったけど、アベル王子が仕組んだのなら納得である。

いや、まだ幼い彼がここまでの策を講じるとは思えない。

となると、別の誰かが仕組んだ策略ということになる。

「ガストンさんがやったんですか？」

「あー、いや、その……」

「スマン、私だ」

わたしの詰問に答えにくそうにしていたガストンに代わり、素直に手を上げたのはウィーザ

ン隊長だった。

「殿下から相談を受けてな。君たちにもう一度会いたいという話だったので、学園の見学や遊びに誘ってはどうかと」

「その話を聞いて、『では遊びに誘ってはどうか?』と私が提案したのだ」

確かにわたしたちを指導しているウィーザン隊長なら、わたしたちが魔術学園に通っていることは知っている。

格上のアベル王子から相談を受けたのなら、そういう答えを返すのも当然だった。

話を聞いたガストンが、さらに海水浴を提案したのも無理はない。

「ぐぬぅ……」

彼らの立場を考えると、責めるのも可哀想《かわいそう》だ。そしてアベル王子に関しても、悪気なく相談しただけというのが分かるので、これも責められない。

いろいろ振り回されて、わたしたちが不快に思ってるだけということなのだろう。

いや、リタやエミリーは恐縮してはいても、不快に思っている様子じゃないので、わたしだけか。

「すー、はー……もう、しかたないなぁ」

ここは心を広く持つために落ち着く必要があった。

アベル王子はリタと会いたいと言っただけ。ここに罪はない。

ウィーザン隊長は相談を受けて、学園に通ってることを伝えただけ。ここにも罪はない。

ガストンはその情報を聞いて、シンプルな解決策を提示しただけで、これも悪いことじゃないのだ。

大きく深呼吸をして気持ちを落ち着け、笑顔を作る。

「わたしたちは面倒見ないので、そちらでよろしく」

「ハハハ、それはウィーザン隊長にまかせるよ」

「いやいや、ガストン殿の職分でしょう」

「そうだな。部隊を連れて行かない代わりに、貴殿の手を煩《わずら》わせてしまったのだから」

どうやら護衛の騎士団を引き連れてくる代わりに、ウィーザン隊長を引っ張ってきたらしい。

その判断だけはよくやったとほめてあげたい。

騎士団に囲まれて海水浴とか、ぞっとする。

◇◆◇◆◇

グレンデル市街。某所。

建物一つを丸ごと借り切った屋敷の一室。

そこに五人ほどの男たちが集まり、頭を抱えていた。

「このタイミングで、アベル王子が街を出るだと……」

「やはり先の襲撃失敗が響いたらしいな」

「獣人の小娘め……やはり獣混じりは思慮が足りん！」

苛立《いらだ》たし気に怒鳴り散らし、足を踏み鳴らす。

獣人の少女が先走ってアベル王子を襲ってしまったため、自分たち襲撃者の存在が明らかになってしまった。

今回のアベル王子の行幸は、おそらくこれを受けての対応だろう。

「だが話によると、王子はほとんど護衛を付けずに街を出たらしい。しとめるなら今が好機ではないか？」

「そこがやつらの小賢《こざか》しいところでな。置いていった護衛どもを、街門の警備に当てているらしい」

「警備に？」

怒声を上げた男が、提案してきた男に吐き捨てる。

「ああ。騎士どもが街の各門に配置されて、経歴の怪しい連中を締め上げているらしい。すでに後を追おうとした斥候たちが足止めを食らっている」

「後を追うのは無理そうか……」

無念そうに唇を噛《か》む男。派遣された戦力の大半は、街中に潜伏させている。

ここで王子が街を出て、仲間が足止めされているとなると、仲間の大半が無力化された状況になってしまっている。

「ところで、獣人の小娘はどうなっている？」

「騎士団詰所の地下牢に放り込まれているらしい。正確な場所は掴めていないが……」

「そっちは放っておいても構わんだろ。戦力になるかと思って連れてきた戦災孤児の獣人だ。大した情報は渡していない」

「尋問で責め殺されても問題はない、ということか」

「そうだ。しょせんは他国の、しかも孤児だ。我らが王弟殿下の役には立てんということだ」

あっさりと仲間を切り捨てる発言をする男。しかし他の男たちも、それを咎《とが》めようとはしない。

男はしばし黙考し、顔を上げた。

「とにかく、我らは街の外に出ることはできない。ならば、外の連中にまかせるしかないだろう」

「海で待機している連中か？　だが残してきた戦力は十人程度しかいないぞ」

「幸い、あのガキ……いや、アベル王子の護衛は数名しかいないそうだ。仕留めるには充分な人数だろう？」

「ならば連絡を取る手段だが……」

「人手を使うのは難しいか。伝書鳩は使えるか？」

伝書鳩は鳩の帰巣本能を利用した連絡法だ。移動先が巣と認識されていなければ、連絡が取れなくなってしまう。

「この作戦も結構長いからな。問題なく使えるはずだ」

海賊を使った私掠《しりゃく》行為から、彼らは関与している。伝書鳩を活用できる時間は充分に経過していた。

「ならば、連中に連絡を。小娘の方はとりあえず放置して構わん。俺たちも機を見て街を出る」

「分かった。他の連中にも連絡しておく」

男の言葉に男たちは大きく頷き、部屋から出て行く。

それを見送ってから、上手《うま》くいかない状況にもう一度男は舌打ちしたのだった。

◇◆◇◆◇

わたしたちは馬車に乗り込み、目的地の海岸を目指して出発した。

馬車は少し大きめの駅馬車サイズのもので、全員が乗っても余裕がある。

片側にわたしたち三人とスピカさんが座り、向かいにラキ、ガストン、ノイマンの順で座る。

御者台にはライオネルとウィーザン隊長。

そして問題のアベル王子はというと……

「ガストン、さすがにここは恥ずかしい」

「我慢してください。背後から襲撃されたら危険ですので」

ガストンの膝《ひざ》の上で顔を赤くしているアベル王子。

馬車は屋根のない荷車に座席を取り付けた程度のもので、乗り心地が良いとは言えない。

それ以上に、乗客が外から丸見えの状態のため、外からの襲撃が怖い。

そこでガストンは王子を膝に乗せることで、その背を守っていた。

「まるで子供みたいじゃないか」

「失礼ながら、殿下は子供です」

「確かにそうだけどさぁ」

顔を赤らめながら唇を尖《とが》らせる姿は、年相応のお子様にしか見えない。

そんなやり取りを聞かされて、対面に座るわたしたちは笑いを堪《こら》えることができなかった。

「王子様も、わたしたちと変わらないんだね」

「エミリーちゃん、さすがにそれはちょっと不敬」

「あっ、ごめんなさい」

「かまいませんよ。僕もこのような場で咎めるほど、空気が読めないわけじゃありません」

アベル王子はそう言うと、邪気のない笑顔を浮かべた。

主がそう言った以上、ガストンがこれを咎めるわけにはいかない。

少し不満そうにしながらも、口を挟むような真似《まね》はしなかった。

ガストンの微妙な雰囲気を紛らわせるように、スピカさんが水筒を取り出した。

木製のカップにそれを注ぎ、皆に配り始めた。

「日差しも強いですし、お茶でもどうぞ」

「ありがとうございます」

スピカさんはガストンにカップを二つ渡す。その一つにはスプーンを入れている。

その意味を理解し、彼はスプーンで茶を救って口に運び、しばし吟味した後で膝の上のアベル王子に手渡した。

「なにしてるの？」

「さぁ？」

その意味を理解できなかったエミリーとリタは首を傾げている。

わたしは二人にその意味を教えてあげた。

「毒味だよ」

「えっ、スピカさんが⁉」

「あり得ないよ」

「スピカさんじゃなくても、お茶を渡してくれた人や、カップを用意した人とか、間接的に毒を盛ろうとする人はいるかもしれないからね。えらい人は大変なんだ」

「失礼とは思うが、念には念を入れねばならぬ故《ゆえ》、ご容赦《ようしゃ》願いたい」

わたしの言葉の後を継ぐように、ガストンが弁解する。

アベル王子は現国王の一人息子である。その彼が実績を作りに遠征せねばならないのは、対抗馬となる王弟が存在するからだ。

現在の継承順位としては、アベル王子が一位、王弟が二位という状況らしい。

権力争いの状況がどうなっているのかわたしには分からないけど、警戒を怠れない立場であることは理解できる。

スピカさんもそれを理解しているから、彼にスプーンを付けて渡していたのだ。

自分のために憤慨してくれた二人を、スピカさんが優しい顔で抱き寄せている。

二人も悪い気分ではないようで、笑顔でお茶を楽しんでいた。

そんな調子で馬車は街道を西に進み、港町の前で南へ曲がる。

その先に、遠浅で海水浴に適した浜辺があるらしい。

しかもそばには、軍が管理する宿泊施設もあるため、泊まることもできるそうだ。

「だから今日はそこにお世話になろうと思ってね」

御者台からこの後のスケジュールを教えてくれたライオネルさんが、少し自慢げな顔をしていた。

どうやら、結構良い施設っぽい。

「でも、軍が管理しているんでしょう？　軍人さんに見られながらじゃ、楽しめないんじゃ？」

「もともとは水軍の上陸訓練用の施設だったんだ。今はその訓練はやっていないので、施設の維持要員だけしかいないよ。せいぜい五人くらいかな」

「そうなんだ？　あ、料理とかどうするんです？」

「維持要員の中には料理ができる人もいるよ。でないと、他の兵士が飢えちゃうからね」

「よかったぁ。わたしもスピカさんも、あまり料理は得意じゃないから」

わたしとスピカさんは、大雑把《おおざっぱ》な料理しかできない。

ラキに至っては、毒ではないというレベルの料理が出てくる。

残る大人はノイマンとライオネル、あとは明らかに軍人然としたガストンとウィーザン隊長である。

ちなみに、エミリーとリタの料理の腕に期待してはいけない。絶対にだ。

「ひょっとして、すごく料理が上手な人ですか？」

わたしは御者台に身を乗り出し、ウィーザン隊長とライオネルさんの間に身を捻《ね》じ込むようにして質問した。

オース大陸から出てきてもっとも変化したもの、それは食事の質である。

必然的に、わたしの好奇心をもっとも刺激しているのも、食事だった。

しかし勢い込むわたしの様子を見て、ライオネルさんは爆笑した。隣のウィーザン隊長も同じである。

「あっはっはっは！　さすがに期待させるほど上手い人はいないよ。料理ができるって人を五人の駐在兵士の中に入れている程度だから」

「なぁんだ」

少し肩を落としてうなだれたわたしを見て、ライオネルさんはさらに笑い声を上げた。

別に気分を害するわけではないが、これってライオネルさんたちの中で、わたしの食いしん坊キャラが定着したんじゃなかろうか？

「別にわたしが食いしん坊ってわけじゃないですからね！　おいしい料理が気になるってだけで」

「ハハハ、そういうことにしておこう」

「子供は沢山食べて大きくならないとな。特にティスピンは一番小さい」

「伸びるのはこれからなんです！」

失礼なことを言うウィーザン隊長の背中を後ろからポカポカ殴る。

もちろん手加減はしているので、吹っ飛ぶようなことはない。

そうこうしているうちに、街道の先に広い海岸が見えてきた。

「あ、あれ海だ！」

「ティスピンちゃんは島育ちだから、海なんて見慣れているんじゃないの？」

「うっ、内陸の方の山育ちだから」

島育ちという設定を付けたスピカさんを、少し恨めしい視線で見る。

するとスピカさんは何気ない風を装ってわたしから視線を外していた。

「スピカさぁん……」

「設定って難しいわよね、うん」

「設定ってなぁに？」

わたしたちの会話を聞きつけたエミリーが、無邪気にそう聞いてくる。

スピカさんに抱えられているんだから、当然か。

「ティスピンが少食を装おうとしても無理だったたって話」

「ああ、それは無理！」

「ちょっと、そういう話じゃなかったでしょ！　それに無理ってなにィ⁉」

「あわ、あわわわわわ……」

あっさりとわたしを裏切ったエミリーにツッコミを入れつつ、スピカさんの肩を摑んで揺らす。

結果、彼女に抱き込まれていたエミリーとリタも大きく揺らされ、悲鳴というか歓声を上げている。

「ん、前から騎兵が」

そこでウィーザン隊長がぼそりとそう呟《つぶや》いた。

確かに前方から土煙を立てて、騎兵がこちらに駆けてきていた。

「ライオネル科長。馬車を脇に寄せて止めてください。ガストン殿は私とこちらへ」

腰の剣に手をかけ、ウィーザン隊長が馬車を飛び降りる。

そしてライオネルが馬車を止めた後、ガストンさんも馬車を降りた。

これは前方から来る騎兵の正体が不明なことによる警戒だ。馬車にはアベル王子が乗っているため、どんなトラブルにも対応しようと警戒したためだ。

「ふむ……俺も行こう。スピカ、少年を頼む」

「はいはい。気を付けてね」

「俺が？」

「必要なかったわね」

ラキが馬車から降り、ウィーザン隊長の隣に並ぶ。

「民間人には下がっていてもらいたいのだが？」

「余計な手出しはしない。が、あんたになにかあるとティスピンが悲しむからな」

「それがありがたい言葉だが……」

「来たぞ」

目前まで迫ってきた騎兵に、小さくラキが警告を発する。

それを聞いて、ウィーザン隊長も言葉を止め、制止の言葉を飛ばそうとした。

しかし先にラキが騎兵の馬に向かって殺気を飛ばす。

訓練された軍馬のようだったが、ラキの気迫を正面から浴びて、急停止してしまった。

同時に、ウィーザン隊長とガストンも、動きを止める。

ラキの気迫を間近で受けて腰を抜かさないだけ、二人とも大したものだ。

「わたしはグレンデル駐留騎士団第一騎兵隊長のウィーザンである！　いったい何事か？」

ラキの圧を振り払うように、ウィーザン隊長は声を張り上げた。

その声と同時にラキは殺気を消す。この殺気は馬の足を止めるためのもので、決して騎兵に敵対したいわけではないからだ。

「し、失礼しました。私は上陸訓練所管理係の担当者であります。現在、沿岸部にヴェノムサーペントが出現し、現在援軍を求める伝令を務めております！」

「ヴェノムサーペント？」

わたしは聞いたことのない魔獣の名前に、スピカさんを窺った。

珍しいことに、スピカさんは眉《まゆ》を顰《ひそ》め、非常に不愉快そうな顔をしていた。

「そういえばティスピンの読んでる図鑑には載っていなかったわね。ヴェノムサーペントは亜竜種の一つで、海に棲《す》む魔獣よ」

「へぇ、でもなんでそんなに不機嫌そうなの？」

スピカさんがこんな顔をするのは珍しいため、わたしは思い切って直接尋ねてみた。

「ヴェノムサーペントは名前の通り毒を持つ魔獣でね。問題は棲む場所にも毒を撒《ま》き散らしやがるのよ」

「えっ、それって」

「この先の沿岸部に連中が出たのなら、泳げる環境にないのかもしれない」

「そんなぁ」

わたしだけでなく、エミリーたちもガッカリとした声を漏らす。

そして、声だけでなく、顔全体で失望を表していたのは、アベル王子だ。

泣きそうな顔で目を潤ませていたのは、さすがに可哀想に思えてくる。

そこで、突然聞き慣れない声が割り込んできた。

「大丈夫。ラキがきっとなんとかしてくれるから」

「えっ⁉」

慌《あわ》てて声の方を見ると、いつの間にかわたしの隣に自称謎《なぞ》の占い師のディアが座っていた。

「グッ、グロ、ディ――⁉」

ディアの正体である創世神グローディアの名前を叫びそうになって、スピカさんはとっさに口を両手で押さえた。

しかしその結果が、ディアには気に入らなかったのか、じとりとした視線をスピカさんに送る。

いや、いつも眠そうでじっとりした目をしてるけど。

「スピカ。今私のことをグロいって言いましたか？」

「いや、違います⁉」

「ダメですよ、グロなんて言っちゃ。私は美人さんです」

「はい、それは重々承知しておりますので」

冷や汗を流すスピカさんというのは初めて見たかもしれない。

突然現れた彼女に言葉を失って驚愕《きょうがく》している面々を見て、してやったりという顔で隣のリタを膝に乗せる。

彼女に抱き込まれたリタは、突然の出来事に身を固くしている。

逆にエミリーはスピカさんの腕から抜け出し、ディアに飛びついていた。

「お姉さん、お久しぶりです！」

「エミリーちゃんも元気そうでなによりです。アメ食べます？」

袖口《そでぐち》から飴玉《あめだま》を取り出すディア。その袖、いろいろ入りすぎていて、詮索するのが怖い。

「それより、ラキがどうにかしてくれるって？」

「なんだかんだで、世話好きですから、彼」

確かにラキは世話好きだ。そうでなければ、わたしを拾って育てたりしない。

しかしいくらラキでも、毒で汚染された海岸ばかりはどうしようもない。

ラキの力は滅ぼすことだ。

「それにティスピンにも無関係とは言えないわね」

「え？」

「解けていない謎の一端があるかも」

ディアはそう言うと、小さく微笑んだ。

同時に、外の騎兵が再び走り出そうとしていた。

「申し訳ない。援軍を求める役目があるため、これにて失礼いたす！」

「ああ、足を止めさせてすまなかった」

走り去る騎兵を見送り、ウィーザン隊長は大きく息を吐いた。

「ヴェノムサーペントか。周辺の水を汚染する魔獣だから、泳ぐのは無理だな」

「そのようですな。殿下、お聞きの通りです。申し訳ありませんが、泳ぐのはご自重ください」

「分かった。宿泊所の方は無事なのだろう？」

「はい。そちらは丘の上なので、ヴェノムサーペントの影響は受けないかと」

「では宿泊のみの予定に変更して。別に海に入らなくても休暇はできるし」

「は、そのように手配いたします」

アベル王子の言葉を聞き、ふと気になったことを尋ねた。

「休暇？」

「ええ。ガストンはなにか考えがあるようで」

襲撃者に狙《ねら》われたばかりなのに、少数の護衛と沿岸部に遊びに行くのは不思議に思っていたが、ガストンはなにか策でもあるらしい。

となるとこの旅行も、ただでは済まない可能性がある。

ガストンの方に視線を向けると、彼は肩を竦めて白状した。

「なに、殿下が街を出るとなると、狙う者も後を追わねばならないだろう？」

「そりゃあ、街にいませんからね」

「遊びに行くというと不用心に感じるかもしれないが、街の外となると話は変わる。襲撃者が街中に潜伏しているなら、街の外の殿下を追うためには、門を通らねばならないからな」

「襲撃者を街門で捕まえるつもりだったと？」

「捕まえられなくてもいい。手が出せなくなればな。殿下の遠征も、もうすぐ終わる」

そもそも、グレンデルの街はほとんど被害を受けていない。それを救済する遠征軍なんて、本来なら必要はない。

しかしそれを実行することで、アベル王子に『ドラゴンに襲われた街を救済した』という実される。


績を持たせるのが目的だ。

　街が荒れていないのであれば、街中にいようといまいと、関係はない。

最低限の期間だけグレンデルに滞在し、折を見て王都に引き返せば、実績作りの目的は達成される。

　その期間が迫っているということだろう。

「とりあえずここまで来たんです。いったん宿舎に向かいましょう」

　アベル王子がそう宣言し、海岸とは少しずれた場所を指さす。おそらくその方向に宿舎があるのだろう。

　全員の視線がそちらに向いた直後、ラキが底冷えするような声を上げた。

「お前には少し話がある」

　そう言うと馬車の後ろに回り込んで、こっそり逃げ出そうとしていたディアの襟首《えりくび》を引っ摑んだ。

「わ、私は話はないです」

「俺にはある。主に山刀の一件で」

　そういえばディアは前回、海賊との一戦で混乱の最中に姿を消している。

　今回も、視線が逸れた隙《すき》を狙って姿を隠そうとしたのだろうけど、ラキに見破られたらしい。

「しかたないですね。それにしても神秘的に消える演出が台なしです」

「必要なかろう。お前には」

いつになく不機嫌そうなラキに、アベル王子はおずおずと切り出した。

「あの、できれば早く宿舎に向かいたいのですが……」

「ああ、すまんな。先に向かっていてくれ。俺はこいつに話がある」

「え、お説教は勘弁してほしいのですが」

「遠慮するな」

気怠《けだる》げな表情のまま冷や汗を流すという器用な真似をしながら、ディアは抗議の声を上げる。

もちろんラキに通じるはずもなく、襟首を掴まれたまま吊り上げられる。

「ちょっと待ってくれ。君たちをここに置いていくわけには――」

「安心しろ。こう見えても多少の魔獣なら容赦なく吹っ飛ばせる。エミリーが知っている」

「そ、そうなのか？」

「うん、バイコーンならドカーンって殴り飛ばしてたよ」

「バイコーン……誘拐事件前にあったあれか！」

「そういうわけだ。ではな」

言うが早いか、ラキはディアを肩に担ぎ上げ、道の先に進んでいく。

その先は海岸へ続く道だった。

「い、いいのか？」

「ラキに関しては大丈夫よ。あれをどうにかできる人間がいるなら、こっちが教えてほしいわ」

「え？」

「それくらい、人間離れしてるってことよ……ドラゴンだけに」

最後の『ドラゴンだけに』という言葉は、抱え込まれているリタにすら聞こえないくらい、小さく呟いていた。

わたしが聞きつけることができたのは、わたし自身の感覚が鋭いことと、偶然の産物にすぎない。

ラキたちがそちらに向かったことで、わたしたちもここに居続けるわけにいかないことを思い出した。ライオネルさんがウィーザン隊長とガストンに馬車に戻るように促し、出発した。

「大丈夫なんでしょうか？」

「少なくとも、ヴェノムサーペントが陸に上がるという事例は聞いたことがない。他の魔獣が出たとしても、彼女の話なら大丈夫だろう」

「それに私は殿下のそばを離れるわけにはいかんのだ」

確かにガストンが護衛の立場から外れることは、職務上できない。

そしてウィーザン隊長も、ガストン同様、アベル王子から離れることはできなかった。

アベル王子が後を追うと言い出さない限り、彼らはラキの後を追うことはできない。

そしてアベル王子も、他に民間人を連れている状況で、ラキたちを追って危険な場所に踏み込む決断はできなかった。

事情を知らない大人がラキたちの様子を気にしつつも、宿舎に向かう。アベル王子が同行している以上、危険な場所に近付くわけにはいかないからだ。

そして三十分ほど進んだところで、突然背後で轟音《ごうおん》が鳴り響いた。

「な、なに⁉」

轟音にとっさに剣を手に取り、警戒の態勢を取るウィーザン隊長。

ガストンはアベル王子を抱きかかえて床に伏せてから、剣を手に立ち上がった。

リタとエミリーはスピカさんにしがみつき、わたしは背後の轟音のもとに視線を向ける。

ちなみにスピカさんはいつも同様、鷹揚《おうよう》とした態度のままだ。

それもそのはず、轟音の先にいたのは山のように巨大な漆黒のドラゴン……つまり、ラキだ。

「ドラゴンだと⁉　しかもあのサイズ……老竜《エルダードラゴン》クラスか？」

ガストンが驚愕の声を漏らすが、実際はそれ以上の脅威だ。

ドラゴンのランクはいろいろあり、老竜《エルダードラゴン》となるとスピカさんの二つ下くらいの上位竜となる。

彼らがラキをそれと勘違いしたのは、ラキのサイズがいつもよりもはるかに小さかったからだ。

小さいドラゴンというのは初めて見たけど、人間に化けることができるのだから少し小さくなるくらい朝飯前なのだろう。

それでも山のようにデカいというのは、ラキの元の大きさのとんでもなさがよく分かる。

「ライオネル殿、早くこの場を離れるんだ！」

「は、はい！」

あれがラキとは知らないアベル王子が、真っ先に退避を命ずる。

大人たちですら絶句したこの状況で、一番に冷静さを取り戻したことに驚きを禁じ得ない。

ひょっとすると、この子は意外と指揮官の素質があるのかもしれない。

ガラガラと音を立てて動き出した馬車の上から、ラキがなぜドラゴンの姿を取ったのか観察する。

前回の騒動から、ラキもドラゴンの姿がどれだけ人間に脅威を覚えさせるか学んでいるはず。

それなのにあの姿になったのは理由があるはずだ。

その理由を知ろうと見ていたら、唐突にラキが前足を海の中に突っ込んでいた。

「なんだ？」

「さぁ？」

ガストンとウィーザン隊長がラキの行動に首を傾げていると、ラキは海の中から細長いなにかを掴み上げていた。

しかし、それはわたしの勘違いにすぎなかった。ラキが大きすぎて細長く見えただけで、その『なにか』は十メートルはある巨大さを誇っていた。

比較対象のラキがおかしいサイズなだけである。

「あれってヴェノムサーペントね」

「えっ、あの海岸を汚染してるっていう？」

「そうそう。どうやら退治しに行ったみたいね」

「ドラゴンが、わざわざですか？」

スピカさんの言葉に応《こた》えたのは、ガストンに床に押し倒されたままのアベル王子だった。

「まぁね。ドラゴンからすれば、亜竜種ってドラゴンの格を下げる目障りな存在だから。ワイバーンみたいな正統進化……というか劣化なら、まだ目溢《めこぼ》ししてあげられるんだけど、海竜種のさらに亜種ともなるとね」

「そういうものなんですか？」

アベル王子が席に戻りながら、そう問い返す。スピカさんは、曖昧《あいまい》な笑顔を返すだけだった。

「私はドラゴンじゃないから、ドラゴンの気持ちは分からないけどね。そんなことを聞いたことがあるだけ」

しれっとこんなこと言ってる辺り、わたしは呆《あき》れて顎《あご》が落ちた。

いけしゃあしゃあとこういうことを言うんだから、演技ができないラキとは役者が違う。

ラキの手に握られたヴェノムサーペントはしばらくビチビチともがいていたが、ラキが手に力を入れるとぶちっと音が聞こえてきて動かなくなった。

ここまで聞こえる音となると、よほどの圧力がかかったに違いない。

ラキはそのまま、ヴェノムサーペントを空高く放り投げ、ヴェノムサーペントは星となって見えなくなってしまった。

そして海に向かってブレスを一閃《いっせん》し、海岸を消し飛ばしてしまう。

「か、海岸が……消えた⁉」

「なんという破壊力……もはや、人の手に負える存在じゃない……」

高台に向かう街道からは、海岸が一望できる。ラキのブレスによって、海岸一帯が綺麗《きれい》に消えてなくなった状況は、馬車からも一望できた。

そして直後に海岸が光を発し、元の姿を取り戻していた。もはや人知の及ばぬ超常現象に、アベル王子たちは更なる混乱に陥《おちい》った。

「か、海岸が消えて……元に戻った？」

「そんな、バカな⁉」

「これが……エルダードラゴンの、上位竜の力か……」

口々に驚愕の言葉を漏らすガストンとライオネル、そしてウィーザン隊長。

思わず、『違います』と言いたくなってしまうが、ぎりぎり我慢に成功する。ラキは上位竜のさらに上だし、ディアは創世神なのでドラゴンという範疇《はんちゅう》にはない。

彼らが絶句している間に、ラキの姿が消えた。おそらく人の姿に戻ったのだろう。

「と、とにかく、街に戻るか、宿舎に向かうか決めちゃわないかな?」

ラキが派手なことをしてしまったので、ごまかすように大人たちにそう告げる。

ウィーザン隊長とライオネルさんは顔を見合わせる。

「そうだな。とにかく駐留騎士と合流して、人手を集めよう」

ドラゴンが出現したということは、多少の戦力を集めても歯が立たない。しかし野営などで人手が必要な場面もあると判断して、ウィーザン隊長は進むことを決定した。

「そうですな、進んでも問題ないかと思います。ティスピンとリタは民間人ではありますが、ウィーザン隊長が稽古《けいこ》を付けていると聞いていますので護身程度はできるでしょう」

ガストンも、ウィーザン隊長に同意を示す。しかしライオネルは懸念を持っていた。

「ドラゴンが出た場所に近付くことになりますが、大丈夫でしょうか?」

「確かに。ですがドラゴンは突然姿を消してしまっています。これはしばらく前の三頭のドラゴンが出た時と同じ現象です。ですが突然現れ、突然消えるということは、どこにいても逃げられないということになるのでは?」

ライオネルに対し、ウィーザン隊長は丁寧に説明する。馬車で孤立している今の状況よりはマシと判断したのだろう。

「それに、あのドラゴンは前回の中で小さな方のドラゴンだと思います」

「うん？」

ここでわたしは疑問に少し首を傾げた。前回の三匹と言えば、わたしとラキとスピカさんが海賊の残党を囲んだ時だ。

その三頭で小さな方というと、スピカさんかわたしになる。黒い鱗で小さな方となると……

「え、わたし⁉」

「ん？　どうかしたのかい？」

「あ、いえ。なんでも」

どうやらウィーザン隊長はさっきのラキを、わたしのドラゴンの姿と勘違いしているらしい。

まぁ、秘密にしているんだから、その誤解もやむなしだし、別に誤解を解く必要もないかと思い直す。

「前の時から今回までかなりの時間が経過していますので、ひょっとしたらあのドラゴンは転移魔法を使用するのにかなりの時間が必要になるのかもしれません。だとすれば、調査するのは今のうちかもしれない」

いや、転移魔法は確かに人が使えない術なので魔法というのは正しいけど、そんなものはわたしだって使えない。

しかしそんなことは分からないウィーザン隊長は、ここぞとばかりに畳みかける。

「それにあれほどの巨体で転移魔法を使いこなすドラゴンとなると、どこに逃げても安全な場所などありません。ならば、調査に出向き、『ここにドラゴンはいない』という確証を得た方が安心を得られるかと」

　先に進む理由を細かく説明するガストンの言葉を聞き、アベル王子は大きく頷いた。

「確かにあのドラゴンが転移魔法を使うのならば、この地に安全な場所なんてないな。ならば先に進んで少しでも調査を進めた方がいいだろう。ライオネル殿、すまないがそのように。ウィーザン殿もそれでいいか？」

「ハ、殿下のお考えのままに」

　主人のアベル王子の言葉を聞き、ウィーザン隊長はそれ以上言い募ることはしなかった。

　馬車が再び動き出そうとした時、街道の向こうからラキが戻ってきた。ディアを担いでいるので、彼女の逃亡は失敗したらしい。

「いや、酷い目に遭った」

　しれっとそんなことを言ってくるラキとディアは、上から下までずぶ濡《ぬ》れになっていた。

「ど、どうしたの？」

　その様子にわたしは馬車から乗り出し、心配した。

　ラキが怪我をしたとは思えないが、ずぶ濡れになるのはただ事じゃない。

「いや、海に落ちてな。そこまでは考えてなかった」

そんなわたしの心配をよそに、しれっと力の抜ける答えを返してきた。

「それで、なにがあったの？」

「邪魔なヴェノムサーペントを始末してきただけだ」

ラキの隣に移動し、こっそりと尋ねてみた。その答えはわたしの想像通りではあるが、完全とは言えない。

「それだけじゃないでしょ？」

「ああ。海岸の毒は俺が消し飛ばしておいたから安全だぞ。ついでにディアに元通りに作り直させておいたから、海水浴も楽しめるだろう」

まさかわたしたちの海水浴のためだけに、わざわざヴェノムサーペントを討伐してくれたのだろうか？

それだけでなく、ディアにまで手伝わせて、海岸を整備してくれた？

だとすれば、少しうれしい。

「ラキ、ありがと。ディアも」

「ディアは俺に借りがあったからな」

「これで山刀のことが帳消しと考えれば、たいしたことじゃないですよ」

よっぽどラキに絞られたのか、ディアは疲れたような顔をしている。いつも眠そうな顔ではあるが。

わたしは少しだけ声を上げて、わたしはラキの腕にしがみついて感謝を表現する。

ラキは恥ずかしいのか、視線を逸らしながらぶっきらぼうに答えた。

憮然《ぶぜん》とした顔のまま腕を組んだので、しがみついたわたしは手を離した。

びしょ濡れのラキにしがみついていたので、わたしの服もしっとりと濡れてしまった。

「っくち」

「風邪《かぜ》か？」

濡れたせいで身体が冷えて、少し寒い。そのせいで小さくくしゃみをしてしまった。

ぶるりと身を震わせると、ライオネルが小さく笑った。

「急いだ方が良さそうですね。少し揺れますよ」

「すまんな」

わたしの代わりにラキが謝罪の言葉を返し、馬車が速度を上げた。

しばらく進むと前方に建物が見えてきた。

建物のそばには階段があり、そこから海岸に降りることができるようになっていた。

宿舎の前には数名の騎士が集まっており、困惑している様子だった。

「何事か？」

「あなたは……あ、今日到着予定の？」

ウィーザン隊長はそう尋ねたが、原因なんて分かりきっている。これは定型文的な質問にすぎないのだろう。

　声をかけた手前、ウィーザン隊長から名乗りを上げる。

「ああ、失礼。グレンデル駐留騎士団第一騎兵隊長のウィーザンだ」

「失礼しました。私は上陸訓練施設管理官の当直を務めます、ロイズです」

　そう言うとロイズと名乗った管理官は、ウィーザン隊長と情報交換を始めた。

　ロイズ管理官はあまり強くなさそうだが、話を聞いていると彼は文官兼料理人らしい。

「先ほどドラゴンが突然現れ、ヴェノムサーペントを倒したのはご存じでしょうか？」

「ああ、私たちの所からも見えた。意図はよく分からんが」

「その直後に、宿舎の前に突然岩が出現しまして……」

「岩？」

「はい。そして岩に『海岸は浄化したので泳げます。むしろ泳いでください、私が怒られます。グローディア』と書かれていました」

「は、グローディア神が？」

「はい、それで様子を見に行くために調査隊を編成しておりました」

「そうか」

　ウィーザン隊長はそこで考え込む仕草《しぐさ》をした。

「ガストン殿、調査には私も赴こうと思います。民間人の保護をお願いできますか？」

「私はアベル王子が最優先になってしまいますが？」

「おそらく、大丈夫だと思いますが……創世神グローディア様の為《な》されたことなら、危険は去ったと思いますし」

「信じられますか？」

「騙《かた》る意味はないかと思います」

そもそも創世神グローディアは神話上の存在だ。

そんな名前で騎士団を動かしても、なんの利益もない。

「では、本当にグローディア神の仕業と？」

「それは分からないとしか。ただ岩が突然出現した現象は、人の業とは思えませんので」

「分かった。では私も同行しても良いだろうか？」

「それはもちろん！　こちらからお願いしたいくらいです」

神の名を騙っても、なんの利益もない。ただ海岸で泳げるようになっただけ。

その現象の真意を調べるためにも、調査に参加すべく騎士たちのもとに向かうウィーザン隊長。

駐留騎士たちも不安に思っていたのか、ウィーザン隊長の参加を歓迎してくれた。

私がちらりと隣を見ると、ディアがスッと滑るような足取りでわたしから離れようとしているところだった。

「ディア？」

「いや、ラキがしろって言ったから。このままだと海水浴がなくなるからって」

確かに、ドラゴンが出た海岸に遊びに行くなど、普通なら言語道断の所業だ。

こうして神託を下すことで、わたしたちが遊びに行く口実にしてくれたんだろうけど……やりすぎ感は拭《ぬぐ》えない。

ディアの胸元《むなもと》を摑んで引き寄せようとするが、わたしの身長ではそれは叶《かな》わず、ブランとぶら下がる形になってしまった。

ディアの身長が高いことと、わたしがちんちくりんである結果だ。

「なにをしている？」

わたしの仕草を見て、ラキが訝《いぶか》しげな声をかけてくる。

ディアはそれを見て、ニチャリとした笑みを浮かべる。

「抱っこをせがまれちゃって。こういう時はやっぱり女親の出番よね」

勝ち誇るディアを見て、ラキはぶら下がるわたしをベリッと引き剝《は》がす。

そして無言でわたしを抱き上げて、ディアを牽制《けんせい》した。

その陰でスピカさんが頭を抱えているのが見える。まさか創世神と滅界邪竜の争いがこんなところで起こっているなんて、誰も気付かないだろう。わたしも気付きたくなかった。

抱き上げられたわたしを見て、ガストンは駐留騎士の一人に声をかける。

「すまないが、中を案内してくれ。子供もいることだし、早く休ませたい」

「ハッ、申し訳ありません。私が案内させていただきます」

ガストンの声に応えたのは、ロイズ管理官だった。

文官の彼は、調査隊のメンバーから外れているらしい。

ロイズ管理官の案内で、私たちは三つの部屋に案内される。一つは子供たちの部屋、一つは男性の部屋。もっとも小さな部屋はスピカさんと飛び入りのディアの部屋だ。

わたしは少し寒気がしていたので、早々に服を引っ張り出して着替えることにした。

アベル王子も同室なのだが、気にする必要はない。相手はなにせ八歳だし、わたしもそれほど……気にしない。それほど気にしないが……視線の占有率がさすがに……

「くっ⁉」

「どうしたの、しんどい？」

「心がしんどい」

「早く休んだ方がいいね」

これがリタだったら、きっとアベル王子も恥ずかしがったに違いない。

まったく意識されていないところに、ストレスを感じてしまった。わたしも同い年の女の子なのに。

「ううん、絶対泳ぐから。ディア……グローディア神が海岸浄化してくれたみたいだし」

せっかく特訓したのだから、わたしの泳ぎを見せつけてやりたい。

「まさかの神様だよねー」

「うんうん、びっくり」

「本当にいるんですね。僕も驚きました」

どうやら子供たちは、グローディアの存在を信じているらしい。

この辺りは素直で純粋な反応で、擦れた大人と違ってとても癒《い》やされる。

「どのみちウィーザン隊長が帰ってくるまでは泳げないから、少し一休みしておくよ」

「そうだね、わたしも疲れちゃった」

体力のないエミリーが、真っ先に部屋の椅子にへたり込んだ。

◇◆◇◆◇

ウィーザンはこれまで様々な戦場に参加してきた。

街に害をなす犯罪者の相手や、野盗の類《たぐい》と対峙したこともある。

魔獣の相手や、海賊討伐にだって参加した。

先日はドラゴンの襲撃を間近で目にする機会もあった。

そんな彼をもってしても、今回の現象だけは説明を付けられなかった。

「私もたいがい、いろんなことを見てきたつもりだったんだがなぁ」

　上陸訓練場駐留騎士を引き連れ、海岸の様子を偵察に来た彼だったが、その一言を放って以降、二の句が継げなかった。

　目の前に広がるのは、見慣れた上陸訓練場の海岸の姿。

　そこは明らかに、ドラゴンによって吹き飛ばされたはずの場所だった。

　しかしそこには、一切《いっさい》の破壊痕が存在しなかった。それどころか、ヴェノムサーペントによる汚染の痕跡すら存在しない。

　まるで何事もなかったかのように、静かな海岸に波が打ち寄せている。

　しかしここに異変が存在したことは、己《おのれ》の目で確認しているのだ。

「と、とにかく海岸一帯を捜索するぞ。ヴェノムサーペントはいなくなったが、他の魔獣がいるかもしれんから注意するように」

「ハッ」

　現地の任官ではないが、階級的に一番上のウィーザンが一時的に指揮をしていた。

　彼の命に従い、四名の騎士が周辺を調査していく。

　それを見ながらウィーザンも調査に参加した。周辺の雑木林には魔獣の姿もなく、さらに海の中に入ってまで異常を探したが、平穏そのものの海岸がそこにあった。

「ウィーザン隊長、異常……ありません」

「ああ……本当になにもないな」

宿舎の岩に浮き上がった文字には、海岸は浄化したと記されていた。泳げるとまで太鼓判を押されていた。

実際海に入ってみたウィーザンはその通りだと、身をもって理解している。

「しかし、泳いで……いいのか？」

「さぁ？」

自信なさげに騎士たちに尋ねるウィーザンだったが、もちろん騎士たちが答えられるはずもない。

しかし神を名乗る存在から『泳げ』と言われたからには、泳ぐ必要があるに違いないと考え直す。それだけの超常現象は、すでに目にしていた。

「まぁいい。危険がないなら当初の目的に戻るだけさ。子供たちも喜ぶだろう」

「殿下もおられますからね」

今回の旅行は子供たちとアベル王子の海水浴が目的である。

創世神のお墨付きがあるとなれば、断る理由は彼らにはなかった。

「よし、いったん戻るぞ。グレンデルと王都へは情報だけ通達して援軍は求めなくていい」

「はい、そのように」

周辺の調査を終えたウィーザンたちは、そう決断を下すと宿舎に戻って行ったのだった。

第四章 ✦ 竜の娘と海水浴

二時間ほどして、ウィーザン隊長が調査から戻ってきた。

食堂にみんなを集め、海岸の様子を報告している。

そのあいだ、わたしたちはロイズ管理官から昼食をごちそうになっていた。

やはり彼は、食事担当でもあったらしく、なかなかおいしい料理が出てきて満足である。

「いつものむさくるしい男以外が食卓に揃《そろ》うと、腕の振るい甲斐《がい》があるね」

そんな軽口を叩《たた》いて、海藻を利用したサラダを並べていく。

他《ほか》にも硬いパンと干し肉を戻したスープ、魚を塩焼きにしたものなどが並ぶ。

パンや肉が新鮮でないのはしかたない。町から遠いこの場所では、補充に難儀するだろうから。

代わりに魚が新鮮でジュウジュウと脂《あぶら》が染《し》み出し、振りかけられた塩を湿らせていた。

「食材があまりないから、こんなのでごめんね?」

わたしの前に塩焼きを置きながら、申し訳なさそうにそう言ってくる。

「ううん。わたし海から離れた場所で育ったから、お魚は珍しいよ」

「それならよかった」

食事をしながら、ウィーザン隊長の報告を聞く。

そのあいだ、わたしたちは食事を進めていく。

お魚は塩が効いていておいしいし、海藻サラダも新鮮で歯応《はごた》えが良く、おいしい。海藻の食感は初めて食べる感触だ。

水に少し塩気を感じるのは、海が近い土地柄のせいだろう。

「というわけで海岸には危険はなさそうだった。海にも入ってみたが、危険な生物もいない。沖合に出ない限りは安全に泳げるだろう」

「とはいえ、ドラゴンが出たばかりの海で殿下を泳がせるわけには……」

反対意見を出したのは、意外にもガストンではなく、ウィーザン隊長からだった。

それに対し、ガストンが反論する。

「だが、グローディア神を名乗る存在から泳げと言われてはな。超常現象を起こせる存在の機嫌を損ねては、なにが起こるか分からん」

「本物の神託と決まったわけではないだろう？」

「だが、あれは人の手で行えるものではない」

誰もいない場所で突然メッセージを刻んだ岩が現れるのは、人の魔術では不可能だ。

よっぽど精霊と親和性の高い魔術師が精霊に頼み込めば可能かもしれないが、精霊が上位者であるグローディア神を名乗ることはあり得ない。

「安全は確認してある。正直あの『神託』が本当かどうか分からないが、従わない場合なにが起きるか分からない。手に負えない存在が相手な以上、従っておく方が賢明だと考える」

ガストンは自分の説を淡々と訴える。

しかしウィーザン隊長はアベル王子の安全を第一に考え、これに否定的な見解を示した。

「だからこそ、騎士団のいるグレンデルに戻った方がいいのではないか？」

「グレンデルには殿下を狙《ねら》う連中がいる。今戻るのは賢明とは思えない」

この状況がグレンデルに伝われば、遠征軍をここに向けて動かそうとする意見も出るだろう。そうなると派遣反対派と口論になって、その混乱の隙《すき》をついて再び襲撃を仕掛けてくる可能性もある。

それはアベル王子を無駄に危険に晒《さら》す行為に繋《つな》がりかねない。

「その可能性は、確かに……」

「あと二日でグレンデルを離れるのだろう？　ギリギリまでここで粘って帰還する方が安全だと思うが」

「それも、まぁ……」

「情報源になる捕虜も確保しているのだろう？　無理はするべきではないと思うぞ」

畳みかけるようなガストンに、ウィーザン隊長は完全に押されていた。

この調子なら、海水浴は問題なく行われそうだ。

「じゃあ、ご飯の後で着替えてきていいよね？」

「ただし、大人の目の届く範囲内にいるんだぞ」

「はぁい！」

遊びに行けると分かり、エミリーとリタは手を打ち合わせて喜んだ。

行儀の悪い態度だけど、こういう場で注意するのも無粋に感じて、ノイマンも苦笑していた。

「アベル殿下も海水浴に行くんです？」

わたしは近くに座るアベル王子に話題を振ってみた。

強引《ごういん》についてきた彼であるが、彼には彼の事情があってついてきていることは理解している。

身を守るためと、リタと思い出を作るためだ。

「はい。僕も海で遊びたいです。ガストン、いいかな？」

「……ぐっ」

上目遣《うわめづか》いで主君におねだりされて、ガストンが息を呑《の》むような声を上げる。

危険な生物がいなかったとしても、水に浸かれば溺《おぼ》れる危険は付き纏《まと》う。

護衛騎士としては、反対したいところなのかもしれない。

彼は数瞬悩んだようだったが、渋々承服した。

「私の目の届く範囲にいてくださいね」

「もちろんだ」

にっこりと、それこそ女性なら一撃で堕とすような笑顔を浮かべて喜ぶ。

これは成長したら、すごい女たらしになるかもしれない。今はまだ可愛《かわい》いだけだけど。

わたしがアベル王子にほっこりしている間に、エミリーは口の中にご飯を詰め込んで、昼食を終わらせようとしていた。

「ほら、リタちゃんもティスピンちゃんも早く食べて」

「む、無理だよ。そんなに早く食べられないよ」

「早く食べると消化に悪いよ。わたしいつもスピカさんに怒られてるもん」

「あら、私がいつも怒ってるみたいなことを言うのね？」

「そ、そんなことないけど」

どこか怖い笑顔を浮かべたまま、スピカさんが耳聡《みみざと》く聞きつけてくる。

我が家でもっとも力を持っているのは、間違いなくスピカさんだ。

その権勢はラキですら逆らえない。

「スピカはすっかりお母さんね」

そこに声を割り込ませたのは、静かにご飯を食べていたディアだった。

黙っていれば美女なのだけど、口を開くとトラブルの種しかばら撒《ま》かない。

今回も、その例に漏《も》れず、スピカさんは少しカチンときたらしい。

「年齢的に、私がお母さんになるより先に、ディア様の方が先でしょう？」

「女性の年齢を詮索するのは、同じ女性と言えど許されない行為よ」

スピカさんとディアの間に、目に見えない火花が散っているように見える。

その間に、エミリーがご飯を食べ終えていた。

「ごちそうさま！　ほら、行くよ二人とも」

「ちょ、ちょっと待って」

「だーめ、待たない」

せわしなくエミリーがリタとわたしの手を取って席を立つ。

引きずられるように席を立ったわたしは、食事を用意してくれたロイズさんにお礼を言っておく。

「わっ、わわっ？　あ、ロイズさん、ごちそうさまです！」

「はいはい、お粗末様」

ニコニコ笑ってわたしたちを見送る大人たちを置いて、わたしたちは自室に戻り、水着に着替え始めた。

するとドアが開いてアベル王子が一足遅れて戻ってきた。

子供たちを一部屋にまとめているため、着替えるのも同じ部屋ということになる。

一度ドアを開けたアベル王子は、一瞬硬直した後、顔を赤くしてドアを閉めた。

「あ、ほらほら、王子様も早く着替えなよ」

エミリーは閉まったドアを開け放ち、中に引き摺《ず》り込んだ。

アベル王子の顔はもう真《ま》っ赤《か》である。視線はリタに釘付《くぎづ》けだ。

「まぁ、分かるけどね」

「ん？　なにが？」

「ほら、エミリーもさすがに失礼すぎるよ。相手は王子様なんだから」

「あっ、そうだった」

さすがにこのままでは王子が可哀想《かわいそう》だと思って、助け船を出す。

王子もわたしにぺこりと頭を下げて、脱兎《だっと》の勢いで部屋を出て行った。

「でも出て行く必要はないんじゃない？」

「男の子だからね。配慮してあげようね」

一刻も早く泳ぎたいエミリーは、別々に着替える時間ロスを気にしているらしい。

しかしさすがにそれは、アベル王子に可哀想なので、注意しておいた。

そうして着替えた後、みんな揃《そろ》って海岸へと向かう。

わたしたちだけでなく、駐留騎士たちも四人が一緒に来ているのは、やはり警戒してのことだろう。

「海です！」

「広いでしょー」

「ここがエミリーの内緒の穴場ってところかぁ」

確かに軍の上陸訓練場なんて、民間人が利用できない穴場である。

軍関係者の父を持つ彼女だからこその、海水浴場と言えた。

広々とした海岸に、日頃《ひごろ》はおとなしいリタも興奮を隠せないでいる。

「ティスピンちゃん、エミリーちゃん、早く泳ごう」

「この海岸を軍が独占しているのはもったいないかもしれないなぁ」

「殿下、さすがに軍事施設を民間に開放するわけにはいきません」

「ま、分かるけどね」

民衆寄りの意見を口にするアベル王子と、杓子定規《しゃくしじょうぎ》な意見を返すガストン。

しかしアベル王子がそう言ってしまうのも納得してしまうくらい、目前の海岸は綺麗《きれい》だった。

「すごいね、砂がすごく細かい」

「普通なら貝殻が割れたのとか混じってて、歩くのも危ないこともあるんだけどね」

スピカさんが砂を拾い上げてその質を確かめている。彼女も水着に着替えていて、しなやかな肢体《したい》が剝《む》き出しになっていた。

随行した騎士たちの視線が彼女に釘付けになっているのが、露骨に分かる。

うん、他の女性はみんな子供だから、しかたないとは思うんだけどね。

というか、その水着、いつの間に買ってきたんだろう？

「私が作りました」

わたしの疑問を感じ取ったのか、聞いてもいないのにディアが自慢そうに胸を張る。

丘陵の大きさは細身のスピカさんよりも遥《はる》かに大きい。

「いつの間に？」

「泳げといった以上、用意しておくのは当然かと」

「そりゃそうだけど……ラキの分も？」

「もちろん」

ラキも半ズボン状の男性水着を着用していた。用意周到とはこのことだ。

海と言うと、このエステリア大陸に来る時に船に乗って以来である。

あの時も海を見て感動して……感動して……あれ？

「海って……船が吹っ飛んだり、びしょ濡《ぬ》れになったりした記憶しかない？」

「そういえば、そんなこともあったわね」

あの時はスピカさんがドラゴン形態で船を押したり、ラキが無駄にバカ力を発揮したりして、酷《ひど》い目に遭った記憶しか湧《わ》いてこなかった。

わたしは腕を組んで頭を悩ませたが、そんな腕を強引に解《ほど》いて引っ張る人物がいた。

言うまでもなく、エミリーだ。

「早くいこ！」

「う、うん」

マイペースにテンションの高いエミリーが、わたしたちの手を引っ張って海へ走る。

最近は気温も上がってきており、泳ぐにはいい気温になってきている。

それでも、初めて海水に足を浸した時は、その冷たさに思わず足を上げてしまった。

「つめたっ」

「あはは。まだ海水浴には少し早かったかなぁ？」

「そうでもないよ。学園の水泳の授業もちょうど始まるんだし」

「そっか。寒すぎたら練習できないもんね」

わたしとリタがそんな話をしている間、エミリーはざばざばと波を掻《か》き分けて、泳いでいる。

遠浅の海だから、まだ足が着く深さだろうけど、とても素早い。

「ほら、二人ともおいでよ」

「うん……」

そう言って背後を見てみると、アベル王子がゆっくりとこちらへ歩いてきている。

その後ろにガストンも追従しているので、彼のことは心配しなくてもよさそうだった。

考えてみれば、泳ぐにしても従者が身を守りについてくるのだから、彼も不自由な生活をしているものだ。

エ
ミリーのもとへ向かう。

「ま、わたしには関係ないか」

もともと彼はわたしとは縁遠い存在だし、あまり肩入れするのは良くないかと思い直し、エミリーのもとへ向かう。

彼女はまだ足の着く場所で泳いでいたので、わたしも歩いていくことができた。

「ティスピンちゃん、もう泳げるようになった？」

どこかニヨニヨという言葉がぴったりくる笑みを浮かべるエミリー。

その言葉にカチンときたわたしは、その挑発を受けることにした。

「もちろん。見ててね？」

エミリーにわたしの特訓の成果を見せるべく、強く砂浜を蹴《け》る。

そのままわたしは、水上を二十メートルほど滑るように泳ぎ切った。

「えっ？　えぇっ⁉」

わたしの泳ぎを見て、離れた場所にいたリタが目を丸くしている。

「あれって、泳いでいることになるのかな？」

「ならんな」

リタの横にやってきたラキが、どこか疲れたような声をかける。

「なにをどうやっても水に浮くことができなかったのでな。水上を滑走することで代用した」

「ええ……」

「ついでに息継ぎもできるぞ」

水に沈んでいったわたしは、水底に辿《たど》り着き、再び地面を強く蹴る。

勢い良く浮上し、水面に顔を出して空気を吸い込み、再び沈んでいった。

「な?」

「あれって息継ぎっていうのかな……?」

「水中にある顔を水面に出して呼吸をするという点では、間違いではない」

「ティスピンちゃん……それは泳ぎじゃないよ」

リタの呆《あき》れた声が聞こえた気がしないでもないが、わたしはそれから数回水底を蹴ってエミリーのもとに戻って行った。

「だ、ダイナミックだね」

「そうでしょー」

どこか腰の引けたエミリーに、わたしは得意になって返した。

泳げないと思ってた友人が、数日で泳げるようになっているのだから、その成長速度に驚いても無理はない。

スピカさんはそんなわたしたちを置いて、砂浜に皮のシートを敷き、寝そべっていた。

騎士たちは彼女に傘を差し出して、日差しを遮《さえぎ》ったりしている。その様子はまるで女王様という風情《ふぜい》がある。

いや、スピカさんはある意味女王なんだけどさ。

海水浴に一番乗りしたエミリーだったが、真っ先にスタミナ切れを起こしたのも彼女だった。

リタはまだ余裕があった様子だったけど、彼女に付き合って海から上がっている。

わたしはまだ体力を持て余していたので、ディアがどこからともなく用意してくれた浮き輪を使って、沖合を漂っていた。

わたし一人では心配だったのか、ラキも一緒に泳いでいた。

ラキは泳げるので、浮き輪は持ってきていない。

「む?」

突然ラキが唸《うな》るようにそう呟《つぶや》くと、勢いよく水の中に沈んだ。

そして数秒して再び浮かび上がってきた。

「どうかしたの?」

「うむ。見ろ」

そう言うとラキが足を持ち上げるような仕草《しぐさ》を見せた。

水面から出てきたのは、予想と違ってラキの足ではなく、サメの尻尾《しっぽ》だった。

「ちょっと、どうしたのそれ!」

「どうもサメに噛《か》みつかれたっぽいな。下半身丸ごと飲み込まれている」

いた。


「落ち着いている場合⁉」

「大丈夫だ、沈んだ時に頭を殴って仕留めているから」

海に顔を沈めてラキのお腹《なか》の辺りを見てみると、確かにへその辺りまでサメに飲み込まれていた。

そのサメの大きさは結構大きいようで、二メートルを軽く超えている。その頭部はベコリとへこんでいて、すでに死亡していることが見て取れた。

そのサメの死骸はラキの下半身を飲み込んで、まるで人魚のような形になっている。

「まぁ、足を振ればサメも動くから、泳ぐことに支障はない」

「そんな問題じゃないでしょ。人に見られたらどうするの」

ラキの肌にはサメの歯が食い込んでいるが、傷一ついていない。

ドラゴンとしての強度を持つラキの身体《からだ》に、サメ程度で文字通り歯が立つはずがない。

しかしそれは、わたしやスピカさんだから通じる常識であって、騎士やエミリーたちがこの状況を見たら、何事かと驚くだろう。

「ほら、早く外して」

「いや、しかし、歯が……」

「いいから、ほら！」

わたしはラキからサメを取り外すべく、水面に顔を突っ込む。

サメの口に手をツッコミ、強引に下に引っ張りラキの足をサメから引っこ抜いた。

同時に途中でビリッという音が響き、ラキの水着がズタズタに引き裂かれる。

わたしの目の前にナマコのような『ナニか』がぼろりと現れた。

「だから言っただろう。歯が水着に食い込んでいると」

「言ってないわあああぁぁぁぁぁぁぁぁぁっ!?」

目の前のものがなにか把握したわたしは、反射的にラキのお腹に蹴りを入れる。

その反動でわたしは岸まで戻ることに成功した。

「はぁ、はぁ……」

「ティスピンちゃん、どうかしたの？」

「う、うん。ちょっとね」

なんと説明したものか分からず、曖昧《あいまい》な返事を返す。

しかしそこへ、ラキが暢気《のんき》な足取りで海から上がってきた。

ご丁寧に撲殺したサメを担いで、モロ出しのまま。

「ラキ、どうしたの、その有様？」

「うむ、サメに襲われて水着を持っていかれた」

ラキの言葉に騎士たちがざわめく。急いで水の中に入り、アベル王子の身を確保する。

「殿下、サメがいるようです。早く上がってください！」

海から強引に上がらされたアベル王子は、ラキの姿に驚く。

水から上がって休んでいたエミリーとリタも、驚いていた。

エミリーは顔を手で覆ってしゃがみ込んでいたし、リタも手で顔を覆ってラキを凝視していた。

指が全開に開いているから、丸見えであることは一目瞭然である。

「リタ……」

「み、見てない！　見えてないから！」

「いや、その手を見たらバレバレだから」

この子は実は結構好奇心旺盛なのかもしれない。うん、そういうことにしておこう。

「おそらくヴェノムサーペントが消えていきなり周辺海域が復活したから、好奇心の強いサメが迷い込んできたんだろうな」

「その程度で迷い込んでくるものなのか？」

「ああ。サメは好奇心が強い。興味があればとりあえず食うみたいな性質をしている。今まで近付けなかった場所がいきなり消えて、誰の縄張りでもない空白地帯ができたのだから、その可能性はある」

「では他にも寄ってくる可能性があるのか……」

「そうだな。いい時間だし海水浴はそろそろ切り上げた方がいいだろう」

そう言って背後の海を振り返るラキ。ただしモロ出し。

「と、とにかく、このタオルでも腰に巻いて！」

わたしが荷物からタオルを取り出して、ラキに手渡そうとした。しかしラキは微妙な顔をしてみせる。

「これはこれで、なかなか解放感が――」

「その扉は開かなくていいから！」

ラキの股間にタオルを押し付けて無理矢理隠す。手から返ってきた感触については、即座に忘れることにした。

その時、ふとラキが視線を逸《そ》らす。まるでなにかを見つけたように。

「……？　どうかした？」

「ああ、誰かに見られている気がしてな」

「そんな格好してたら見られて当然でしょ！」

「さすがに教育に悪いので、とりあえずこれを」

苦笑を噛み殺しながら、ウィーザン隊長がラキにマントを貸してくれた。

それを腰に巻きながら、礼を言うラキ。

その様子を見て、騎士たちも乾いた笑いを漏らしていたが、まさかラキが本気だとは思わないだろう。

◇◆◇◆◇

アベル王子の護衛を務めながらも、ガストンの視線はティスピンに向けられていた。

正確には、その右肩に注視していた。

「やはり、気のせいか？」

「妙にティスピンを気にかけるんだな」

「ラキ殿？」

いつの間にか隣に来ていたラキに、驚きの声を上げる。

彼とて近衛《このえ》騎士として実力でのし上がった実力者。そばに誰か来れば、気付く程度の警戒心は持っている。

その彼がまったく気付かなかった。バイコーンを殴り飛ばしたという証言と言い、得体が知れない存在だと警戒心を強めた。

「こう見えても、ティスピンの保護者だからな。よからぬ思惑を持っているのなら、王国騎士とて容赦《ようしゃ》せん」

「ああ、いや。ティスピン殿の右肩にあざが見えたような気がしただけだ」

「ああ……」

言われてラキは、海岸で遊ぶティスピンに視線を向けた。

「だが私の気のせいだったようだ。心配をかけてすまない」

「あったぞ」

「……え？」

謝罪の言葉を口にしたガストンを遮るように、ラキはマイペースに答えを返す。

「右肩のあざだろう？　あの子を拾った頃にはあった。スピカに『女の子の肌に傷をつけるな』と叱られたことがあったから、その時についでに消した記憶がある」

「あざが、あった？」

「ああ。それが？」

ラキの言葉にショックを受けたらしいガストンは、しばらく返事をすることができなかった。

だがラキは別段気分を害した風もなく、ガストンが落ち着きを取り戻すまで待っていた。

「いや、その、なんでもない」

「そうか？」

「ああ。妙なことを尋ねてすまなかった。というか消せるものなのか？」

傷を癒《い》やす魔術は存在する。人間の力では回復力を強化する程度しかできないが、精霊の力を借りれば傷を癒やすことはできる。

しかしあざや傷痕を消すことはできないとされていた。

もしそれが可能だとすれば、その技術は世界の医療を変える出来事なのかもしれなかった。

「ああ、ちょっとしたコツがあってな。残念ながら、俺《おれ》とディアしか使えない」

「二人だけ？　スピカ殿も使えないのか？」

「傷痕を滅ぼすとか、傷痕がない肌を創るとか、実際は俺とディアでもやり方は違うんだが……いや、なんでもない」

うっかり知られてはいけないことをボロボロと漏らすラキだったが、途中で正気に戻って口を閉ざした。

ガストンはその言葉を聞いて、ようやく正気を取り戻していた。

「拾ったということは、ティスピン殿とラキ殿には血の繋がりはない、と？」

「あー、いや、その話は忘れてくれ。ティスピンもすでに知っていることだが、もう十年も前の話だ」

まずい話をしてしまったと自覚したラキは、無茶な要求をガストンに告げる。

しかしガストンはその言葉に答えることなく、沈黙を保っていた。

いや、考え込んでしまっていた。

そこへ彼の主から声がかかる。

「ガストン、僕も泳ぎたいから、一緒に来てくれる？　……ガストン？」

「ハッ、殿下？　失礼しました、日差しに眩《くら》んでいたようです」

我を取り戻したガストンはラキに一礼してから、アベル王子のもとへ走り出した。

その後ろ姿は、明らかにこれ以上の会話を拒む意志が込められていた。

◇◆◇◆◇

海水浴を切り上げてからは、宿舎に戻ってバーベキューをすることとなった。

バーベキューと言っても、宿舎前で炭を積み上げ、その上に網を敷いて魚や貝を焼いて食べるだけのものだ。

正直言って、料理の質としてはオース大陸にいた頃の料理と大して変わらない。

しかし、新鮮な魚介を炭で焼き、その場で食べるというシンプル極まりない料理なのにとてもおいしく感じられた。

この程度の料理ならスピカさんでも手伝えるので、ロイズ管理官と二人で全員の魚と貝を焼きまくっていた。

わたしも少し手伝いつつ海鮮に舌鼓を打ち、充実した夜を過ごしていた。

「あれ？　そういえばなんだか静かだね」

ふと、賑《にぎ》やかな声が足りない気がして、近くにいたリタに声をかけた。

リタは笑いながら一角を指さす。その先には、椅子《いす》代わりの丸太に座っていたディアの膝《ひざ》に頭を預けて眠るエミリーの姿があった。

賑やかさが足りない気がしたのは、一番賑やかな彼女が寝落ちしていたからららしい。

「あーぁ。ついに体力切れかぁ」

「エミリーちゃんは一番体力がないからね。その分、一番元気があるんだけど」

どこか困った顔のディアのもとにライオネルがやってきて、エミリーを抱き上げた。

「すみませんね」

「いいえ、貴重な体験でした」

「そう言ってもらえますと。この子はどうも人懐《ひとなつ》こすぎて」

「良いことですよ」

ディアは珍しく、はっきりとした笑顔をライオネルに向けた。

彼はそのまま一礼すると、エミリーを子供用の部屋に運んでいく。

「こちらもどうも限界のようです」

そう言ってきたのは、アベル王子を抱えたガストンだった。

考えてみればわたしたちより年下の彼が、わたしたちと一緒に遊び続けていたのだから、体力の限界が訪れるのも無理はない。

「わたしたちもそろそろ寝よっか?」

「そうだね。お腹いっぱいになったし」

わたしもリタとそう話し、大人たちに自室に戻ることを告げて部屋に戻ったのだった。

わたしもなんだか疲れていたのか、部屋のベッドに横になるとあっという間に眠りについてしまった。

それはリタも同じだったようで、彼女もわたしの隣で眠っていた。

アベル王子とエミリーはもとより眠っていたので、子供部屋の住民はすべて撃沈していたことになる。

もちろんガストンが周辺を警戒しているだろうから、安心して眠ることができる。

どれだけ眠ったのかは分からないけど、虫の声で目が覚めた。

エミリーたちはまだ眠っていて、起きる気配がない。

わたしは喉《のど》が渇いたので、ベッドから起き出して食堂へと向かった。

部屋の外で見張りをしていたガストンに軽く一礼してから食堂へ入る。

そこでは駐留騎士たちが水瓶《みずがめ》を囲んで、浄化の魔術をかけ続けていた。

「お水の浄化ですか？」

「ん？　ああ、起きたんだね。そうだよ」

この海岸付近では、地下水にも塩分が多量に混じっている。それは食事の時にも感じていた。

その塩気を除去するために、水に浄化の魔術をかける必要があるのだろう。

この作業の面倒さは、わたしも理解できる。オース大陸では、わたしもやっていたことだ。

「水作りは面倒ですよね」

「おっ、分かってくれるかい」

「わたしもグレンデルに来る前にやってました」

オース大陸の小屋のそばには、まともな水源がなかった。

そこで沼から水を汲み上げ、浄化の生活魔術で飲料水を確保していた。

酒造りにはいい水が必要なはずなのに、なぜこんな場所にといつも思っていたものだ。

その答えは実に簡単で、酒に使う水はラキが不純物を滅ぼしていたから、良い水を確保できていたらしい。

それなら飲料水も……と思わなくもなかったが、今はその理由が分かる。

毎日水を浄化し続けてきたせいか、わたしの魔力量は平均を遥かに上回っているからだ。

きっと、わたしの魔力を鍛えるために、ラキはあえて水の浄化をさせていたのだと思う。

「手慣れているんだね」

「毎日やってましたから」

騎士たちに混じって水瓶に浄化魔術をかけていると、そう褒《ほ》めてくれた。

浄化魔術は簡単な生活魔術の一種で、コップ一杯分程度の水を浄化することができる。

生活魔術はその簡単な手軽さから世間に広がっているが、術式を改造できないという難点を持っている。

どれだけ魔力を込めても、浄化量を増やすことができない難点があった。

そのため、水瓶一杯の水を浄化しようとすると、何度もかけ続ける必要がある。

「あれ？」

テンポよく浄化魔術をかけていたわたしは、ふと視界の隅にちらちらと光る『なにか』に気が付いた。

「どうかしたのかい？」

「はい、あれ」

わたしが指さすと、騎士たちは一斉にそちらを注視する。

ここにはアベル王子という国の重要人物がいるのだから、警戒するのも当然だ。

「至急ガストン殿とウィーザン殿に連絡を」

「ハッ」

即座にロイズ管理官が指揮を飛ばす。その声に応えて、二人の騎士が食堂から飛び出して行った。

しばらくすると、ガストンとウィーザン隊長が駆け付けてきた。

二人は騎士たちから事情を聞き、並んで窓の外の灯《あか》りを注視する。

「あそこに民家があるということは？」

「ありません。この周辺は軍事施設扱いなので、民間人の立ち入りは禁止されています」

「他に軍が駐留しているということもないのだな?」

「それもありません。私たちだけです」

ガストンとウィーザン隊長が確認を取ると、ウィーザン隊長はガシガシと頭を掻く。

「行ってみないことには分からないな」

「だが、わたしは殿下のそばを離れるわけにはいかんぞ」

「敵と決まったわけではないし、斥候として私と駐留騎士四人で向かうことにしよう。ガストン殿は殿下と民間人の守りをお願いしたい」

「それはまかせてくれ」

大きく頷《うなず》いたガストンに安心したのか、ウィーザン隊長は武装を整え始めた。

騎士たち四人もそれに続く。ロイズ管理官は文官なので、戦闘能力はないのでお留守番だ。

しかしそうなると、戦力として不安が残る。

ウィーザン隊長はグレンデルでも騎士隊長を任されるほどの腕利《き》きだ。だがここに配備された騎士たちは、施設維持を目的とした騎士たちなので、実力のほどには不安が残る。

しかもガストンがアベル王子の護衛に残るため、腕利きは彼一人で調査に向かわねばならない。

海岸を調査した時と違って、今回は明らかになにかがいる。もしくはある。

そこに戦力不足で赴くというのは、わたしとしても心配だ。

「あの、ウィーザン隊長。ラキを連れて行ってくれませんか？」

「ラキ殿を？　しかし民間人を連れて行くのは……」

「正直心配なんです。ラキがいれば、少なくとも戦力的には役に立つはずですから」

「ダメだ、民間人を巻き込むわけにはいかない」

だがわたしの申し出は、ウィーザン隊長に却下されてしまった。

考えてみれば、彼の立場からして、進んで民間人を危険があるかもしれない場所に連れて行くわけにはいかない。

これだけは、ウィーザン隊長の方が正論である。

「ごめんなさい、無理を言いました」

「いや、心配してくれるのはうれしい」

とはいえ、これで万が一があった場合、わたしはずっと後悔してしまうだろう。

ウィーザン隊長と騎士たち、それにガストンも武装を整え始めたのを見て、わたしはラキの所へ足を向けた。

「ラキ、起きてる？」

「ティスピンか。なにがあった？」

「うん、それなんだけど」

ドアを開けてわたしを迎え入れてくれたラキに、ちらりと室内に視線を向ける。

室内にはライオネルがいると思っていたのだが、その姿はなかった。

「ライオネルさんは？」

「子供と女性の部屋の様子を見に行ってくれている」

「そうなんだ」

わたしが食堂にいたのは騎士たちも知っているので、連絡が入っているはずだ。

残されたアベル王子や娘のエミリーを心配して、確認に向かったのだと思う。

それはそれとして、この場にライオネルがいないのは好都合。

「実はね……」

わたしはラキに先ほどのやり取りを説明する。

ウィーザン隊長が護衛を断ったことを聞いて、ラキは少し眉《まゆ》を顰《ひそ》めた。

「別に相手がいらんというのなら、無理に護衛につく必要はないだろう？　危険があると決まったわけでもないし」

「確かに敵がいると決まったわけじゃないけど、明らかに戦力不足なんだよ？　それにウィーザン隊長には日頃お世話になっているし。ラキなら、姿を消してついていけるでしょ？」

ドラゴン独自の術で姿を消すことができると、この大陸に来る時にスピカさんが言っていた。

その時にラキも使えることを言っていたので、姿を消すことができるはずだ。

「まぁ、できるが……そうだな。ティスピンが世話になっているのは確かだから、後ろから監視する程度のことはしてやるか」

「ありがと。ラキ大好き」

ぎゅっと抱きついて感謝を示してから、わたしは自分の部屋に戻ることにした。

部屋に戻る途中、宿舎を出る騎士たちとすれ違い、部屋に戻って待機しておくように指示された。

ガストンがアベル王子のそばから離れることができないので、わたしたちも固まっておくように考えているからだろう。

わたしに指示を出した後、ウィーザン隊長たちは宿舎を出て行った。

その背中を見送っていると、彼らの背後に気配を感じ取る。

視線を向けてもそこには誰もいないが、きっとラキがそこに控えているに違いない。

わたしは騎士たちに聞こえないよう、小さな声で告げる。

「ラキ、よろしくね」

「まかせておけ」

いつものようにぶっきらぼうな声。だけどどこかうれしそうな雰囲気が感じ取れた。

それを確認するより先に、ラキの気配も宿舎を出て行く。

これでわたしにできることはなにもなくなった。あとは帰ってくるまで待つしかできない。

宿舎から離れていく騎士たちの背中と、その後ろにいるであろうラキを見て、何事もなく戻ってくることを心から願っていた。

◇◆◇◆◇

訓練施設から少し離れた洞窟。

その中に十人近い男たちが机を囲んで、口論していた。

その中で中心にいる男が苛立《いらだ》たしげな声を上げた。

「くそっ、どうなっているんだ！」

ガンと男がテーブルを殴り付け、怒りを露《あら》わにする。

男に与えられた計画書。途中まではその通り、順調に進んでいた。

標的の国であるティタニア王国。その沿岸部の海賊を支援し、流通にダメージを与える。

私掠《しりゃく》行為は昔から使われていた戦術でもある。

彼らが正規軍によって壊滅させられたのも、計画通りである。

残党を掻き集めて魔獣を従わせる魔道具を与え、資金援助してさらに軍の疲弊を狙うまではよかった。

主計科長の娘を攫《さら》うのまでは計画通りだった。

「またドラゴンだと……」

届けられた伝書鳩の連絡では、人質の娘は早々に逃げ出し、しかもドラゴンが現れて根城の砦《とりで》まで破壊されたらしい。

残党はすべて捕らえられ、提供したバイコーンも、魔道具もすべて回収されてしまったと報告されている。

そこまでなら、まだいい。連中が倒されるのは計画のうちだったのだから。

しかしその後、実行部隊の一人が暴走し、暗殺が露見。これを受けて王子は少数で街を出るという策に出たらしい。

騎士団は門の警備を強化し、仲間の追撃を封じてしまっていた。

その上、沿岸部に配置したヴェノムサーペントまで倒されるのは、計算外もいいところだ。

沿岸部を毒で汚染し、討伐のために軍を編成させ、その力を削ぐ。

ヴェノムサーペントは亜竜種とは言えドラゴンである。物理攻撃も精霊魔術も効きにくい。

そんな魔獣を相手にしたら、軍の消耗《しょうもう》は必須のはずだった。

ティタニア王国の海軍がヴェノムサーペントと泥沼の戦いを演じている隙に、侵略軍を上陸させる。こちらの軍には対毒装備をさせておけば、問題なく上陸できる……はずだった。

「まったく、どうなっているんだ？　こちらがなにかするたびにドラゴンが現れやがる！」

苛立ちを隠せない男に、別の男が声をかけた。

「だが悪いことばかりじゃないさ。標的がわざわざ近くまでやってきてくれたんだ」

「それだって、王子がグレンデルにいてくれりゃ、手を回す必要もなかったはずだ」

「そりゃ、まぁ……」

アベル王子が街中に残っていてくれれば、手はず通りに襲撃すれば済む話だった。

最初のドラゴンの出現。予想外ではあるが、それはそれで、利用できる状況だった。

ドラゴンが現れれば、人民は混乱する。それを収めるためには、指導者となる存在が派遣されてくるのは予想できた。

このティタニア王国の王位継承者は二人。王弟と王子の二人だ。

王弟はそれほど有能という話は聞かないし、王子はまだ八歳の子供。

どちらも実力で実績を積むことは難しい。

だからこそ、今回の事件は彼らにとって渡りに船だった。

街は混乱しているが、破壊されたわけではない。しばらく待てば混乱も収まり、街も落ち着きを取り戻す。

なんの労力を払うことなく、対外的にドラゴンに襲われた街を救ったという実績を作ることができる。

王弟か王子、どちらかがやってくることは想像に難《かた》くなかった。

それにどちらでもなかったとしても、次代の国政を担う人材が派遣されてくるのであれば、そちらを狙えばいい。

どちらでも、ティタニア王国にダメージを与えることに成功する……はずだった。

「功を焦《あせ》ったせいで警戒されてしまった。襲撃班は街に閉じ込められて身動きが取れない状況だ」

「先走ったあのガキは親を先の戦争で失ったからな。王子は仇《かたき》の息子ってことになる」

「しかたないとは言わないが……それにしても子供を現場に投入するとは、上の連中はなにを考えているんだか」

「街を出たのも、小賢《こざか》しい。あの王子の考えとは思えんが……」

ここに残された戦力は十人。その倍の二十人をグレンデルの街に潜ませていた。

街を出られたことで、その二十人がまとめて遊兵と化した形だった。

「だが反面、王子の守りは手薄になっているとも言える。今ならこの人数でもどうにかできるんじゃないか？」

男の発言に、中心にいた男は考え込む。

上陸訓練場の管理兵は五人程度。そこに護衛騎士を合わせても十人には届かない。

確かに、今ならこちらの戦力の方が多い。

「だが……不確定要素も残っている」

「あのドラゴンか」

こちらにとって致命的なタイミングで現れるドラゴン。

もし、ティタニア王国が自分たちと同じように、魔獣を操《あやつ》る術を持っているとしたら？

しかもそれが、ヴェノムサーペントなど及びもしないドラゴンを操る力があるとすれば？

それが真実だった時、こちらは為《な》す術《すべ》もなく蹂躙《じゅうりん》されてしまうだろう。

「もしドラゴンが現れたら、俺たちは全滅だ。そうなると計画は完全に失敗してしまう」

「だが、あのドラゴンは神出鬼没だぞ。どこにいても逃げようがない。なら目的を達成するために、積極的に動くべきだろう？」

提言を受けて中心の男は、言葉を止めた。

今の状況を考え、狙うべきかどうか検討する。

確かにあのドラゴンは神出鬼没だし、出てこられたら抵抗する術はない。

ここで待っているだけでは、一方的に蹂躙される可能性もある。

ならば先に動いて、王子をしとめるか攫うかした方が有意義ではある。

「分かった、全員でかかるぞ。今更だが、戦力を出し惜しんで取り逃がしてはまずい」

「ああ、それはもちろんだ」

全員が大きく頷き、意見の一致を見る。

「全員、武装を整えて洞窟の外で集合だ。念には念を入れて、わざと灯りを漏らして戦力をこちらに引き付ける。連中が出てきた隙に王子を狙うぞ」

「おう！」

掛け声を上げてそれぞれが準備に取り掛かる。

今のままなら勝ち目は充分にある。そのはずなのだが、男の不安は晴れなかった。

◇◆◇◆◇

ウィーザンたちは藪《やぶ》を掻き分け、光の見えた方角へと進む。

その先には、小さな岩山がある。

もともとこの周辺は防風林を兼ねた雑木林で、視界はあまり良くない。

だがグレンデル周辺の森ほど深いものではないため、足元に不安はない。

藪漕ぎをする必要もなかったので、比較的静かに光源のもとに辿り着くことができた。

「かがり火？」

岩山の隙間《すきま》が洞窟のようになっているらしく、ぽっかりと穴が開いていた。

その手前にこれ見よがしにかがり火が焚かれていた。まるで見つけてくれと言わんばかりに。

「侵入者にしては、無警戒がすぎるな」

「ひょっとして、本当に迷い込んだだけの民間人なのかもしれませんね」

「そう決めつけるのはまだ早い。人影がないのが気になる」

「中を調べますか？」

「調べないわけにはいかないだろうな」

洞窟があってかがり火が焚かれていた。それだけで宿舎に戻っては、なにをしに行ったのかと言われてしまう。

「行くぞ。まだ警戒は解くな」

「ハッ」

ウィーザンはそう告げると、先頭を切って洞窟の中に踏み込んでいく。

狭い入り口とは裏腹に、内部はかなりの広さを誇っていた。

十人以上が充分生活できる程度の広さ。実際に、何人かが住んでいた痕跡が残されている。

「こんな場所があったなんて……」

「担当部署で把握していなかったのか？」

「恥ずかしながら」

岩山自体は小さなものだし、洞窟も下に向かって伸びている。

まさかこの岩山の奥にこれだけの広さの空間が広がっているなんて、想像する方が難しい。

見落としたのは確かに失態だが、それを今ここで叱責する気にはなれなかった。

「誰もいないな」

「ですが生活の痕跡があります。それもここ最近？　いえ、ついさっきまで？」

テーブルの上に置かれたコップの内側が、まだ湿っている。

それはついさっきまでなにかを飲むのに使われていた証拠でもある。

「さっきまでいたのに、入り口にかがり火を焚いて、今はいない？　どうにも解せんな」

そう言って室内を歩き回る、なにかを見つけようとしていたのだが、特にめぼしいものは見当たらない。

しかし部屋の一角に辿り着いた時、ウィーザンは自分の足音が微妙に変化したことに気が付いた。

「誰か、すまないが水を持ってきてくれないか？」

ウィーザンが頼むと、騎士の一人が水をコップに入れ、手渡してきた。

その水を床に流すと、一本の線を描くように地面に染み込んでいく。

「これは……？」

「隠し扉があるみたいだな」

その線に短剣の刃をこじ入れ、試行錯誤を繰り返すと、さらに下に向かう階段が姿を現す。

「地下室ですね」

「人の気配はないな。だが警戒は怠るなよ」

罠《わな》の可能性も考え、さらに地下へと向かった。

地下は小さな部屋に繋がっており、書類や道具類が乱雑に置かれていた。

「ウィーザン殿、これを見てください」

そこに騎士の一人が、小さなベルトを持ってきた。一見普通のベルトに見えるが、ウィーザンはそれを最近目にしたことがあった。

「これは……魔獣操作の？」

海賊がバイコーンを操るのに使っていた魔道具。特徴的な魔石が付いていたので、一目で判別がついた。

「これは想像以上にまずい状況かもしれん」

「と言うと？」

「一連の海賊騒動は何者かに仕組まれていた可能性がある。ここにいた連中にな。そうなると組織的に我が国の治安を乱そうとしている連中が、ここにいたのかもしれない」

「組織的に？　さすがにそれは大げさでは？」

「いや、可能性は高い。その証拠がこれだ」

そう言ってウィーザンは魔獣操作のベルトを差し出した。

「これは海賊が用意できるものではない。ましてや、根城を討伐された残党が手に入れられる代物じゃないはずだ」

「それは確かに……」

「残党には後援者がいたということだ」

「それだけじゃなさそうですよ、ウィーザン殿」

そこへ別の騎士が割り込んで、一通の手紙を示す。

「この手紙によると、ヴェノムサーペントの騒動の進捗を尋ねる一文があります。それと、派遣する海軍の規模も」

「……なに？」

「つまり、海賊騒動も、今回のヴェノムサーペントも、他国の工作だったということです」

「ここはその連中の根城だったわけか。だが今はいない……しまった⁉」

ウィーザンはそこで、叫びながら顔を上げた。

「連中、アベル王子を狙いに向かっているのかもしれんぞ！」

「そ、そんな」

「かがり火は我々をおびき出すためかもしれん。今宿舎にはほとんど戦力が残っていない。狙うには今しかないはずだ」

現段階では確証はない、ただの推測にすぎない。

だが、その可能性が少しでもある以上、騎士たちにとって無視はできなかった。

「それはまずい！　すぐに戻らないと⁉」

宿舎には次期国王を担うべき人材であるアベル王子がいる。

もし、宿舎から見えた光がわざと漏らされたものだとしたら、その目的は一目瞭然だ。

自分たちは誘い出されたのかもしれない。そしてその目的は戦力を引き離すことだとすれば、彼らがどこに向かったのかも明白だった。

「連中は俺たちを誘い出して宿舎を襲撃する気か⁉」

日頃の取り繕《つくろ》った言葉遣いも忘れ、ウィーザンは叫ぶ。その内容に、他の騎士たちもハッとした表情を浮かべた。

「急いで戻るぞ!」

「はい!」

来た時の整然とした隊列とは真逆に、彼らは我先にと洞窟から飛び出して行った。

◇◆◇◆◇

ウィーザン隊長とラキを見送ったわたしは、そのまま みんなと合流した。

といっても、エミリーとリタはまだ寝ぼけ眼だし、アベル王子に至ってはガストンの膝を借りてすやすやと眠っている。

念のため、広い食堂へと移動してもらっていたが、いくつかの椅子を並べて寝台代わりにしてすやすやと寝息を立てていた。

こういう姿を見ると、年相応の可愛らしい少年で、弟というモノがいたらこんな感じなのかもしれないと思う。

「皆さんもお茶でもどうぞ」

スピカさんはロイズ管理官とガストンに、お茶を勧めていた。

この辺りのそつのなさは、ガサツなわたしとは一味違う。

そしてわたし以上にだらしなく欠伸《あくび》をしていた、彼女の生みの親のディアとも違っていた。

いや、創世神にお茶を入れてもらったら、それはそれで困るだろうけど。もちろんその事実は知らないけどね。

「すみません、夜中に起こしてしまって」

ロイズ管理官はお茶を差し出してきたスピカさんに頭を下げている。

実際、現状は不審な光が見えただけ。別にここまで警戒することはないはずだ。

しかし現在は、アベル王子という存在がある。

ことは慎重に慎重を期すべきであり、彼らの対応は決して責められるべきことではなかった。

「しかたありませんよ。不審なモノを見たら警戒するのは当然ですから」

恐縮するロイズ管理官に、スピカさんは優しげな笑顔を返す。

その対応にロイズ管理官は少しだけ顔を染めて視線を逸らせた。

さすが『ご近所で嫁にしたいランキング』の最上位に君臨しているだけはある。

ロイズ管理官も独身みたいだし、スピカさんの外面《そとづら》の良さに騙《だま》されているみたいだ。

いや、スピカさんはとてもいいお嫁さんになる素質はあるんだ、料理以外。

ただ、中身がわりとシビアなドラゴンだってことが問題なだけで。

それを知っているわたしは生暖い視線を、そしてもう一人の真実を知る人物……ディアは面白《おもしろ》そうな視線を向けていた。

しかしそんなどこかのんびりとした空気も、一瞬にして終わる。

「ん？」

微《かす》かにピリついた空気に、わたしは疑問の声を上げた。

これはまるで、夜の森で魔獣に狙われているかのような雰囲気。

それはわたしだけでなく、スピカさんも感じ取ったらしい。そして一拍遅れて、ガストンも。

「殿下、起きてください」

即座に膝の上のアベル王子を揺り起こそうとするガストン。

わたしもスピカさんと同時に席を立ち、部屋の扉の方へ視線を向ける。

反対にスピカさんは窓へと視線を向けた。

これはもし襲撃があった場合、どちらから襲われても対応できるようにと考えてのことだ。

その間に、ガストンが起こしたアベル王子を部屋の隅へと追いやる。

それを見て状況を悟ったのか、残っていた唯一の騎士であるロイズ管理官も色めき立つ。

「な、なに、どうかしたの？」

ただならぬ気配を察したのか、エミリーは父であるライオネルにしがみつき、リタはノイマンと身を寄せ合っていた。

「うん、ちょっと困ったことになったかもしれないから、そこで待っててね」

「大丈夫よ。こう見えて私も、ラキの次くらいに強いから」

襲撃とは明言せず、しかし二人にはそう告げておいてわたしは扉から飛び出す。

スピカさんも同様に、窓から身を躍らせていた。

「ちょ、ちょっと待て⁉」

その光景に驚きの声を上げたのは、王子を守るべく防戦の覚悟を決めていたガストンだった。

彼からすれば、まさか私たちが打って出るとは思わなかったのだろう。

しかし、わたしたちは辺境の魔獣を相手に戦ってきた、ある意味で猛者《もさ》である。

魔獣との戦いは常に先手必勝。先に覚悟を決め、ぶん殴った方が有利なのだ。

宿舎から飛び出したわたしは、そのまま玄関口で仁王《におう》立ちになる。

怒っていますと言わんばかりに腕組みをし、周囲を睨《にら》みつけるように立ち塞《ふさ》がった。

明らかに待ち受ける態度に、襲撃者たちも接近を悟られたことを知り、おとなしく姿を現す。

しかし、その表情に浮かぶのは困惑だった。

そりゃあ、王子暗殺に向かったら、わたしみたいな幼女に立ち塞がれたとしたら、困惑もするってものだろう。

わたしの前に姿を現した襲撃者は五人。おそらく同じ程度の数が、裏口にも回っているはずだ。しかしそちらにはスピカさんが向かってくれたから、問題はない。

「小娘、貴様に用はない。道を開けろ」

問答無用で襲い掛かってくるでもなく、男たちの中の一人がわたしにそう話しかけてきた。

こちらが子供だから情けをかけようとでも思ったのだろうか？

だとしたら、ずいぶんと優しい襲撃者だ。魔獣なら容赦なく喉笛に噛みついてきている。

その優しさは少しだけ好感が持てた。

「悪いけどこの先にはお友達がいるの」

「我らの狙いはアベル王子のみ。貴様の友にも、用はない」

少し回りくどいが、友達は傷付けないと言っているのだろう。

だがわたしの友達の枠の中には、アベル王子だっているのだ。道を譲るわけにはいかない。

小さく首を振って拒否の意思を示すと、襲撃者も小さく息を吐いた。

「……やれ」

小さく、しかし少しだけ悲しげな声で、彼は周りの男たちにそう告げる。

その言葉と同時に、五人の男たちは一斉に襲い掛かってきた。

上下左右からの同時攻撃。その動きはまるで一体の魔獣のよう。

それぞれの動きはオース大陸の魔獣には遠く及ばないけど、まるでこちらの反撃を許さない連携には驚いた。

それぞれが手に持つ小剣。おそらく屋内での取り回しを重視して選んだ武器だ。

それが牙《きば》のようにわたしの手足を狙って振り下ろされてくる。

跳躍して二本を躱《かわ》し、残る二本は山刀を使って受け止める。

結果後ろに押し下げられてしまったが、かろうじて屋内には戻らず踏み止まった。

わたしはその場で一回転して外開きの扉を蹴り付け、勢いよく扉を閉めた。

その行為にこっそり背後を抜けようとしていた一人が、舌打ちを打つ。

相手は五人、わたしに四人が襲い掛かり、残る一人が突破しようとしたところを、扉を閉めることで妨害した形だ。

もしこの扉を開けようとすれば、わたしに背後から斬りかかられる位置関係なので、舌打ちしたくなるのも分かる。

「小癪《こしやく》な真似《まね》を――」

「そっちこそ、面倒なことをしてるじゃない！」

対して、わたしの方だって有利というわけじゃない。

彼ら個人の戦闘力は、オース大陸の魔獣には遠く及ばない。しかし綿密に連携を取った戦術や、背後を抜けるためのの騙し討ち。

なにより、わたしを無力化しようと考えてはいるが、殺そうと思っていない点だ。

おかげで殺意が低く、攻撃に反応しづらい。

これが魔獣なら、こちらを餌にするために殺意満々で襲い掛かってくる。

しかし彼らには、その殺意が低い。

おそらくは余計な被害を出さないため、標的でないわたしに対する殺意が低いのだろうけど、これがやりにくいことこの上ない。

わたしに人との戦いの経験が少ないことが原因なのだろうけど、どうにも反応が一歩遅れてしまう。

「もう！　戦うなら殺す気で来てよ！」

「元より気の進まぬ依頼だったんだ、これ以上子供を傷つけさせないでくれ」

淡々と告げてくる襲撃者のリーダーらしき男。

その倫理観は実に好感が持てるが、それなら襲撃なんてしないでほしい。

とはいえ、思うままにいかないのが、人間の社会というモノなのだろう。

なによりわたしのモチベーションが上がらない。相手に殺す気がないのだから、わたしも殺意をぶつけていいモノかどうか、悩んでしまう。

襲撃者が相手なのだから、もちろん命を奪い合う状況だというのに。

妙な倫理観を持つ襲撃者に攻めあぐねていると、宿舎の反対側でドカンという大きな音が響いた。

襲撃者が反射的にそちらに視線を向け、わたしも背後を振り返ってしまう。

本当なら致命的な行動なのだが、相手もよそ見してしまっているのだからよしとしよう。いや、ダメだけど。

「スピカさん……手加減してよ」

わたしはどこか脱力した口調で、不平をこぼしてしまう。

それもそのはず、宿舎の向こうの出来事だから轟音《ごうおん》がしても様子は見えないはずなのに、宿舎の屋根の上に数名の人間が跳ね上がっているのが見えたからだ。

女性のわたしが言うのもなんだけど、スピカさんの見た目は非常にたおやかで優しそうだ。

そんな女性が騎士団の宿舎から出てきて襲撃者と対峙《たいじ》し、容赦なくぶっ飛ばすのだから、なんの冗談かと思ってしまう。

しかし実は、これはオース大陸では日常的に見た光景だ。

だからわたしとしては驚くほどではないのだけど、他の人たちにとっては驚きの光景に見えるはずだ。

ましてやスピカさんは窓から外に飛び出していた。

ならば、その戦いぶりは食堂にいたアベル王子や他の面々も視界に入ったはずだ。

「なんて言い訳したらいいんだろう……？　おっと」

ぼやくわたしの背後から、襲撃者たちが斬りかかってくる。これを紙一重で躱しつつ、蹴りを入れて反撃した。

どうやら人が空を舞うという衝撃の光景からは、彼らの方が先に立ち直ったらしい。

この切り替えの速さや、連携の上手《うま》さ。これらはオース大陸では体験できなかった経験だ。

ラキが常々言っていた『人間は怖い』という言葉の意味を、しみじみと噛みしめる。

エミリーが攫われた時はわたしの経験のなさを思い知ったが、今回は人の戦いの巧みさを知ることになった。

だからと言って、ここを通すわけにはいかない。

「悪いけど、あまり長くお付き合いする気はないんで」

わたしの宣言に、律儀に返してくる襲撃者。ひょっとして彼ら、暗殺に向いていないんじゃないだろうか？

「減らず口を」

そんなことを思いつつ、襲撃者の攻撃に備え、竜語魔法《ドラゴンズロア》を使用する。

「――竜気纏粧《ドラゴノート》」

わたしの体内にあるという竜輝石《カーバンクル》。そこから竜気を引き出し、身体に纏わせるようにして肉体を強化する。

この結果、わたしの皮膚は革鎧《かわよろい》よりも硬くなり、身体能力も魔獣のそれよりも高くなる。

てしまう。


滅竜撃咆《カルバリン》で一気に吹き飛ばすことも可能だけど、それだと彼らを一方的に殺すことになってしまう。

それに彼らの攻撃は非常に連携が取れていて、大技は躱された挙句、反撃できつい一撃を貰《もら》う可能性があった。

それに、おそらく襲撃者たちもすでに身体強化の魔術を使用しているのだろうけど、竜気纏粧《ドラゴノート》の増幅率は桁《けた》が違う。

増幅率の違いを活かして、強引に押し切ることも可能なはずだった。

「せぃや」

「なにぃ⁉」

どこか気の抜けた掛け声のまま、わたしは山刀を上空に投げて襲撃者の一人の懐《ふところ》に潜り込み、背負い投げの要領で空高く投げ飛ばす。

くるくると回りながら空を舞う襲撃者。その非常識な光景にあんぐりと口を開く。

しかし即座に気を取り直してわたしの手足を狙って斬りかかってくる辺り、実は結構な手練《てだ》れなのかもしれない。

暗殺にはあまり向いていないような性格だけど。

それでも二人同時に別々の場所を狙って斬り付けてくる辺り、積み上げてきた鍛錬の量が見て取れる。彼らは間違いなく、一流の戦士だ。

だとしても、その動きはあまりにも遅い。いや、強化したわたしが速すぎるのだ。

彼らの目には、わたしの姿が消えたようにすら見えただろう。

右に左にと拳《こぶし》を振るい、そのたびに人が吹っ飛んでいく。

中には立ち木にぶち当たって、その幹をへし折って気絶する者すらいた。

暴れ狂うことわずか数秒。それだけで襲撃者たちはすべて制圧されていたのだった。


わたしとスピカさんによって無力化された襲撃者たちは、即座にロイズ管理官とライオネル、ガストンたちによって捕縛された。

王子襲撃の実行犯なのだから、その場で斬首されても文句は言えない立場なのだが、背後にいる『何者か』を知りたかったので、捕縛された形である。

そしてようやく全員の拘束が終わった段階になって、ウィーザン隊長たちが戻ってきた。

「みんな、無事だったか！」

「ええ、まぁ」

「ピョンピョン飛び回ってたけど、デスフライに比べれば楽勝だったわね」

「スピカさんはちょっと黙っててね」

デスフライとはオース大陸に生息する巨大なトンボの魔獣である。

わたしくらいならあっさり持ち上げてしまうので、何度か攫われかけたことがあった。

顎《あご》の力が強いので、本来なら噛みつかれた時点で身体が両断されてもおかしくない魔獣なのだが、わたしは竜気纏粧《ドラゴノート》があるので平気だった。

もっともこのエステリア大陸では危険な魔獣であり、民間人がどうにかできる相手ではない。最近わたしも、それくらいは理解できるようになっていた。だけど、人付き合いの範囲がご近所の奥さんまでしかないスピカさんは、デスフライがなんてこともない魔獣という認識から抜け出していないようだ。

「ラキ、ティスピンが冷たい」

「うむ、これが反抗期というやつかもしれん」

「いや、違うから」

十人もの襲撃者を撃退したのだから、戻ってきた騎士たちは落ちた顎が戻らない様子だった。

「こ、これはいったい……」

「まぁ、わたしたちは辺境育ちなので、都会っ子な襲撃者ならなんとでもなります、はい」

「そういう問題なのか……？」

疑惑の視線を向けてくる騎士たちに、わたしは汗を掻きながら言い訳をする。

さすがに言い逃れができないかと思わないでもなかったが、そこで別の問題が発覚したため、それどころではなくなってしまった。

「ところで一人足りないようなのだが……その、ディアさんは？」

「ああ、あいつなら逃げたんだろう」

「に、逃げた？」

言われてわたしも気が付いた。いつの間にかディアの姿が消えている。

彼女もスピカさんの上司なので、もちろん襲撃者程度でどうにかなる人材じゃない。

なのに毎回姿を消すのは、わたしも不思議に思っていた。

首を傾《かし》げるわたしをスピカさんが抱き上げ、そのまま椅子に座って膝に乗せる。

その耳元で囁《ささや》くように、スピカさんが説明してくれた。

「彼らもディア様にしてみたら子供みたいなものだから、どちらかに肩入れできないのよ」

そういうスピカさんの視線は縛り上げられた襲撃者たちに向けられていた。

言われてみればディアの正体は創世神グローディア。この世に生まれてきた以上、彼らもグローディアの加護を得ていると言える。

そんなグローディアからしたら子供同士の殺し合いとも見える場に居続けろというのも、酷な話なのかもしれなかった。

「わたしたちに肩入れできないし、襲撃者にも協力できないから、この場から姿を消したんだ？」

言われてみれば、以前彼女が姿を消したのは、騎士団と海賊たちが激突する場面だ。

それまでの逃亡する場面では、わたしたちに協力してくれていた。

おそらくあそこまでが、彼女にとって肩入れできる限界だったのかもしれない。

「じゃあ、消えちゃったことはどう説明しようか？」

「まぁ、どうにでもなるんじゃない？　もともと、ひょっこり混ざり込んできたわけだし」

「あいつなら、用事を思い出したとか言って出て行ったぞ。襲撃の直前だから運が良かったな」

「そんなタイミングで？」

さすがにあり得ないと感じて、ウィーザン隊長とガストンが疑わしげな視線を向けてくる。

「あいつもいろいろと忙しいやつだからな。だが、この襲撃にかかわっていないことだけは保証する。なにせ俺たちと同郷なのだから」

「そ、そうなのか？」

「ああ。浮世離れした雰囲気があるだろう？」

ラキの無駄に強い圧力に押されながらも、しかしなおも抗弁するウィーザン隊長。

さすが、一隊を率いるだけあって、ラキの圧力にも負けない根性は評価する。

「用事なんだ」

「いや、しかし……」

「用事だ、いいな」

「それで済ますわけには……」

「どうしても納得してもらえんか？」

「そりゃあ……」

「ふむ？」

どうしても引かないウィーザン隊長に、ラキも根負けしたのか少し考え込む。

そしてとんでもないことを口にした。

「しかたない、消すか――へぶっ！」

直後、ラキの側頭部をスピカさんの拳が撃ち抜く。

ラキは真横に吹っ飛んでいき、頑丈な宿舎の石壁をぶち抜き、その向こうの木々を薙《な》ぎ払いつつ消えていった。

「物騒なこと言ってんじゃないわよ、このバカ！」

「スピカさん……」

初動すら感じさせぬ、あまりにも見事な裏拳。わたしでなければ見逃していたことだろう。

事実、スピカさんが裏拳で殴りつけたと認識できた人間は、わたし以外いない。

ラキがすっ飛んでいったのを見て、初めて彼女が殴ったと把握できたくらいだ。

それも戦闘訓練を受けたガストンやウィーザン隊長くらいがせいぜいで、エミリーやリタはなにが起こったのかすら把握できていなかった。

ウィーザン隊長や騎士たちの視線を受けて、ようやくスピカさんがなにをやらかしたか把握したらしい。

「あらやだ。私としたことが、はしたない真似をしてしまいましたわ。おほほほ」

口元に手を当て、わざとらしい笑い声を上げて見せる。

しかしそれを追及できる者は誰もいなかった。

彼女は別に敵ではなく、そしてその力は先ほど見た通りなのだ。

誰も虎の尾を進んで踏みたいとは思うまい。いや、この場合ドラゴンの尾というべきだろうか？　まぁ、どっちでもいいけど。

「そ、それよりも皆さん。彼らを尋問する必要があるのではないですか？」

「あ、ああ。確かに……でも彼は？」

「ラキのことなら大丈夫です。いつものことだから」

わたしがそう言うと、石壁に開いた穴からラキがひょっこりと顔を出した。

もちろん、怪我《けが》一つしていない。ラキがこれくらいで怪我するなら、とっくの昔に世界が滅んでいる。

「痛いじゃないか」

「あんたがバカなこと言うからでしょ！　おかげでわたしが恥ずかしい思いをしたじゃない」

「それは素だろ」

「またスッ飛びたい？」

「…………」

半眼になったスピカさんに、ラキは口に手を当てて無言を主張してきた。

わたしにとってはいつもの光景だけど、他の人たちにはずいぶんバイオレンスな光景に見えたはずだ。

「ところであなたたち、いったいどこの所属か教えてもらっていいかな？」

「お、おとなしく言うと思うか？」

一見威勢のいいセリフだけど、語尾が結構震えている。

先ほどのスピカさんの暴力シーンは、彼らによほどのインパクトを与えたっぽい。

いや、その前に殴り飛ばされた人だからかもしれないけど。

「拷問でも尋問でも、好きにすればいい。襲撃が失敗した段階で、死ぬ覚悟はできている」

「威勢がいいな」

「当然だ。貴様らは騎士だからな」

「なに？」

襲撃者の発言にウィーザン隊長は首を傾げる。同時にわたしも、不思議に思った。

なぜ、騎士なら平気だと思ったんだろう？

その疑問を襲撃者も感じ取ったのか、ご丁寧に理由を教えてくれた。

この敗北した状況で、数少ない優越感を感じたからかもしれない。

「貴様ら騎士は拷問などした経験も少なかろう？　専門の拷問吏ならともかく、加減を知らぬ騎士の拷問なぞ、相手を死なせるだけだからな」

　襲撃者の言葉に、ガストンとウィーザン隊長は顔を見合わせた。

　確かにこの二人は拷問の経験はなさそうだ。そしてそれは、他の騎士たちにも同じことが言えた。

「もはや我らは生きて帰ろうとは思わん。ならばいかに拷問を乗り切り死ぬかだけが問題だ」

「拷問素人の私たちでは、情報を聞き出すより先に死なせてしまうと？」

「その可能性が高かろうよ」

　会話に割り込んだライオネルの言葉に、鼻で笑って返す襲撃者の男。

　それは事実だったらしく、ガストンとウィーザン隊長は渋い表情をして見せた。

　かといってこのまま手をこまねいているだけというわけにはいかない。

　だが、通り一遍《いっぺん》の尋問では話しそうにない男の様子に、対応を悩んでいる様子だった。

「少しいいか？」

　そこへラキが、唐突に割り込んでいく。

　先ほど石壁をぶち抜いて吹っ飛ばされたのに、怪我一つせず戻ってきた奇人。

　それを目にしていただけに、襲撃者の男の目にも、警戒の色が浮かぶ。

「俺としては、面倒なことはなしにしてもらいたい。だから素直に話してくれ」

「いや、そう言われて話すわけないだろう」

「どうしてもか？」

「どうしてもだ！」

しかしラキが口にしたのは、駆け引きもなにもない、どストレートな要求だった。

これじゃあ、口を割るはずもない。男の主張も当然だ。

「ラキ……」

わたしが口出ししないように注意しようとしたら、スピカさんが後ろから手をかけ、引き留める。

「なに？」

「いいから、まかせておきなさいって」

「でも……」

もともとラキに駆け引きができるはずもない。元来人と付き合うことを最小限に生活してきただけあって、そういった技術が不足しているのだ。

それはわたしだけでなく、スピカさんも知っているはずなのに。

「もう一度だけ聞くぞ？　どうしてもダメか？」

「何度聞いても同じだ！　なんだ、この男は⁉」

意味不明なラキの行動に、男は苛立たしげな声を上げる。

しかし直後、その視線が一瞬でトロリと微睡《まどろ》むような目に変わった。

「で、お前たちは何者だ？」

「……俺たちは、メニス帝国の間者だ……」

そして、ラキの質問に、先ほどとは打って変わって素直に答えだしたのだった。

「ええっ⁉」

わたしがこれに驚いたのは当然だろう。そしてそれは、ウィーザン隊長やガストンにとっても同じだった。

「いったい、なにが……？」

いきなり素直に白状した襲撃者に、呆然《ぼうぜん》と疑問を漏らすウィーザン隊長。

わたしも同じ思いで首を傾げていたが、背後からスピカさんがわたしを抱き上げ、膝に乗せてくる。

そしてわたしにしか聞こえないほど小さな声で説明してくれた。

「ラキの力よ」

「ラキの？」

わたしも周囲に聞こえないように、囁き声を返す。鋭敏な感覚を持つスピカさんなら、それを聞き逃すことはない。

「ラキのドラゴンとしての本質、なんだった？」

「えと、確か『滅び』だっけ？」

すべてを、世界すら滅ぼす邪竜。それがラキだ。決して、大きくて強いだけのドラゴンではない。その本質はすべてを滅ぼすことができる。

「滅ぼすといっても、生命や物質を滅ぼすだけに限らないわ。この世のすべてにその力を及ぼすことができる」

続くスピカさんの説明に、小さく頷く。

「ラキが滅ぼせるものは物質だけに止まらない。例えば思考なんかにも、その影響が及ぶの」

「思考って、廃人にしちゃうってこと？」

「もちろんやろうと思えばできるけど……今回やったのは、彼らの『忠誠心』を滅ぼしたってところかしらね」

彼らのような密偵は、誰かに仕え、その目的のために行動する。

使える理由は金銭だったり、血筋だったり、忠誠心だったりと様々だ。

先ほど彼らは、『死を覚悟して沈黙を貫く』と宣言した。それは金銭目的で動く連中の言葉じゃない。

別の目的があるとか、忠誠を誓う誰かのために動いているとか、そんな感じなのだろう。

だからラキは、彼らの忠誠心を『滅ぼし』て、秘密を守る理由を消してしまったのだろう。

これはすごいことだけど、同時にとても怖い。なぜなら……

「それって、洗脳って言うんじゃ？」

「そうとも言うわね。だからラキも、普段なら使わない力よ。もちろん、ティスピンに使ったことなんて一度もないから安心して」

スピカさんの言葉に、わたしは少しだけ安堵《あんど》した。だって、ラキがそれを平気で使うようなら、わたしの持つ感情だって本当のモノかどうか、分からなくなる。

本当なら、わたしはラキを恐れて泣き喚いていたのかもしれない。その恐怖や嫌悪を、ラキに消されてしまっていたのかもしれない。

そう考えると、とても恐ろしかった。

でもラキは、そんなことしない。わたしはそう信じているし、スピカさんも太鼓判を押してくれた。だから、安心できた。

「なぜ急に？」

わたしはスピカさんから説明を受けたが、そうでない他の面々は面食らったままだった。

首を傾げる一同に、襲撃者の男は平然と答えてみせる。

「あのような国に命を懸けて忠義を尽くす理由もないからな」

「本当か？　先ほどと言っていることが違うんだが？」

「そうか？」

「我が国とメニス帝国の仲が悪いことを知って、わざと偽情報を摑《つか》ませようとしているんじゃなかろうな？」

「そんな気はないが、信じるかどうかはそちら次第だ」

妙に自信満々な男の態度に、ウィーザン隊長の方が自信をなくしてしまったらしい。

互いに視線を交えて、悩む素振りを見せていた。

「どうするよ？」

沈黙に耐えられなくなり、ウィーザン隊長が珍しく言葉を取り繕うこともせず、ライオネルに尋ねる。

彼に聞いたのは、この場で一番そういった判断に優れていると考えたからだろう。

階級でいえば、もっとも高いのはガストンなのだろうけど、彼はいささか頭が固いように感じられた。

「そうですね、嘘《うそ》をついている風には見えませんが……どちらにしろ、我々には判断が付きません。一度グレンデルに連れ帰って、専門の尋問官に預けた方がいいかと」

「確かに。その考えに賛成だ」

ガストンもライオネルの判断を支持したが、わたしは一つ気になることがあった。

「それにしても、メニス帝国か……やはりというか、なんというか」

メニス帝国は、ティタニア王国北東にある国で、この国とは領土的な問題を抱える国である。

その理由としては、三百年前のフロン王国崩壊時、その領土を一時的に管理したというのが原因だ。

当時の統治組織であるフロン王家が滅んだため辺境の治安を維持できず、その代わりにここぞとばかりに攻め込んで領土をもぎ取ったのがメニス帝国だった。

その後、ティタニア王家の統一が成り、奪われた領土を奪還したのが難癖《なんくせ》の始まりだった。以来、なにかにつけて、領土紛争を仕掛けてくる国だった。

「あの、この人たちはどうなるんです？」

王族を暗殺しようとしたのだから、もちろん極刑は免れないだろう。

物語の本で読んだことしかないが、それが普通のはずだ。わたしでも、その判断は付く。

だけど実際に戦ってみて、彼らにはそれほど悪意を感じはしなかった。

わたしに対しても致命的な攻撃をしようとしなかったし、悪い人ではないと感じていたのだ。

「ん？　そうだね。まぁ、死刑は免れないかな」

しかしライオネルから帰ってきたのは、想像通りの言葉だ。これに異論を挟むのは間違っていると、自分でも分かる。

「で、でも、悪い人じゃないと思うんだ。わたしにも酷い攻撃はしようとしなかったし」

「ティスピンちゃん、君の優しさは充分理解できるけど、こればかりはそうもいかない」

分かっている。ここはライオネルの言い分が正しい。だけどなんだか、そこまで酷い罰を与えるのはやりすぎのような気がしてしまう。

彼らが王家の人間を襲撃したのは事実で、公正に裁くべきというライオネルの意見は正しい。

わたしが情にほだされて無茶を言っているのも分かる。

でも、子供というだけで殺意を消した彼らは、決して悪人ではないはずだ。

「そこをなんとか！」

「なんとかと言われても、これぱっかりは管轄が違うしなぁ」

主計科のライオネルに近衛騎士のガストン、地方騎士隊のウィーザン隊長では、犯罪者の裁きに口を出すことは難しい。これも、ライオネルの言う通りである。

「うーん……」

娘のエミリーもいる手前、どうにか友人のわたしの言い分を飲めないか思案している様子のライオネルに、予想外にもガストンが口を挟んできた。

「オース大陸に国外追放すればいい」

「オースに？」

法学には疎そうで、しかも犯罪者には容赦なさそうな彼からの提言に、ライオネルも驚いた口調で問い返す。

しかしガストンはそれを気にした素振りもなく、しかしラキやわたしの方をチラチラと見ながら、言葉を続けた。

「こういった犯罪者は、その場で処断するのが通例だ。わざわざ王都まで連れて行って処刑されることはほとんどない」

「それは……まぁ」

そこまでされる犯罪者となると、たいていは身分の高い貴族の反乱などである。

平民の謀反となると、その地で処刑されることが大半だ。それがたとえ大逆罪であっても。

「グレンデルに連れて行き、情報の真偽を確かめるのは必要だろう。しかしその後、この連中をどうやって処刑するかは、現地の判断に任される。斬首か絞首刑か、それが死に繋がるのであれば、中央からは文句は出まい。オース大陸追放もまた、死に匹敵《ひってき》する判決には違いない」

「それはむしろ、より過酷な裁きではないか？」

ガストンの言葉に、ウィーザン隊長は疑問を告げる。

彼の言う通り、普通ならオース大陸追放は死刑と同義の過酷な判決だ。

しかし、ごくまれに生き延びる例だって存在する。わたしのように。

「わずかな可能性だが、生き延びることもできる……やもしれん。ならば彼女の陳情にも満たすのではないか？」

「ふむぅ……」

ライオネルは顎に手を当てて考え込んだ。

世間の考えでは、オース大陸で生きていくことは不可能。これは死刑と同じ過酷な刑だ。

これまで見た書物の中では、オース大陸で生き延びたという事例は皆無。逃げ延びてきたという記録があるだけだ。

わたしのように生き延びた者もいるかもしれないが、その記録はついぞ目にしたことがない。中央に出す報告書に『オース大陸に追放し、魔獣に生きながら食われた』と書いておけば、確かめる術など存在しなくなる。

「ガストンさん、それいい！」

わたしの言葉に、襲撃者たちはびくりと身体を震わせる。

彼らにとっては、もっとも過酷な判決が出された瞬間だからだ。

「ま、待ってくれ。素直に情報を渡したじゃないか！　もう少し手心を加えてくれても……」

「オースだけは嫌だ、魔獣に食われるなんてまっぴらだ！」

「なんでこんな仕事受けちまったんだ、俺のバカ野郎が」

口々に悲嘆《ひたん》の言葉を口にする襲撃者たち。だがわたしは、それがどれだけ妙案か分かっている。後、ラキとスピカさんも。

「生きたまま魔獣に食われるなんて、まだ斬首の方がマシだ！」

「じゃあ、そうするか？」

「ぐっ……」

ラキに冷たく突き放され、襲撃者の男は口をつぐむ。

斬首となれば、百パーセント死が待っている。

しかしオース追放ならば、わずかながらも生き延びられる可能性があった。

安らかな死か、苦難の生存か。その選択が目の前に突きつけられていた。

「安心しろ、ティスピンがかばう以上、悪いようにはせん」

「そうね、ちょうどいい世話役もいることだし」

スピカさんはそう言うと、わたしの耳に囁いた。

「小屋の管理者が欲しかったのよね。護衛にはベノ爺《じい》を付けておけばいいでしょ」

そこでわたしは、オース大陸に放置したままの小屋の存在を思い出した。

あそこなら最低限雨風は凌《しの》ぐことができる。ラキが作った酒蔵もあるし、十人程度なら生きていくことができるはずだ。

そして護衛に付くベノ爺の存在。ベノ爺とは古竜《エンシエントドラゴン》のヴェノムドラゴンであり、幼い頃は病気がちだったらしいわたしの薬などを用立ててくれていた。

毒と薬は表裏一体なため、頻繁に世話になった記憶がある。

その実力はオース大陸でも十指に入る実力者で、わたしも、わたしが世話になったラキも、一目置いている存在だった。

ドラゴンにしては温和な、わたしにとってもお爺ちゃんに近い存在だった。

「覚悟を、決めねばならんか」

「可能性があるだけ、斬首や絞首刑よりマシかもしれんしな」

「だから悪いようにはせんと言っているだろうに」

珍しく、ラキが憮然《ぶぜん》とした表情をしているのが面白くて、わたしは思わず笑ってしまう。

その声でわたしたちがここにいたままだったことに思い至ったらしく、ライオネルがわたしたちに告げてきた。

「おっと、これ以上はさすがに子供の教育に良くないね。ここは大人にまかせて、子供は寝なさい。殿下も例外ではないですよ」

「あ、はい。分かりました」

ライオネルの言葉に素直に頷くアベル王子。わたしたちも、王子に続いて寝室に向かうことにした。

これ以上は、わたしにできることはきっとない。

念のための見張りは大人たちがやってくれるだろうし、わたしたち子供はおとなしく休ませてもらおう。

終章 ✦ 帰還と予想外な後始末

Wizard of Dragon's Roar

翌日、わたしたちはグレンデルに向けて帰還の途に就いた。

襲撃者たちは後ほど騎士たちが護送してくるらしい。

なのでわたしたちはなんの心配もなく帰途に就くことができている。

しかし快適というには、あまりにもいい難《がた》い状況だった。

「ううっ、視線が痛い」

「そりゃあ、あれだけ派手に暴れちゃったからね」

わたしを膝《ひざ》の上に乗せたスピカさんが、含み笑いを溢《こぼ》しながら、そう言ってくる。

まるで人ごとのように言っているが、スピカさんだって注目の的なんだからね？

「自分だって大暴れしたじゃない」

「私は大人だから、説得力があるわ」

「いや、ないから！」

そうツッコミの声を上げたのは、ライオネルだ。

戦えない彼はアベル王子と一緒にいたのだけど、窓から飛び出して行ったスピカさんの大立ち回りは目にすることができたらしい。

後で聞いた話では、腕の一振りで人が空に打ち上げられていて、まるでこの世の光景とは思えない有様だったそうだ。

疑惑の視線はすでにわたしだけじゃなく、スピカさんにまで及んでいる。

それを理解して、スピカさんも援護射撃してくれた。

「私たちは辺境育ちですから、身体《からだ》も鍛えていないといけないんですよ」

「そうなんですか?」

「ええ、魔獣が襲ってくることは日常茶飯事でしたから。ティスピンなんてグリフォンを捕まえてきて私に投げ付けてきたこともあるんですよ。『ファルケンブリッツだー』って」

ちなみにファルケンブリッツというのは、昔読んだ物語の中で動物使いの仲間が使っていた技だ。

ハヤブサを敵に突撃させる技で、本の中で非常にかっこよく描かれていた。

確かにわたしは、過去にグリフォンを捕まえてスピカさんにぶつけるというイタズラをしたことがある。ただし、彼女がドラゴン形態だった時だ。決して人の姿の時に投げつけたことはない。

「えー、ティスピンちゃん、ひどーい」

「昔からヤンチャだったんだね」

「昔からってなに！　今だっておとなしいよ、わたし」

「うっそだー」

「いや、ツッコむべきはそこじゃなくグリフォン……」

声を揃《そろ》えて否定してくるエミリーとリタに、わたしは頬《ほお》を膨らませて不満を示す。

ライオネルは、そんな二人に小声でツッコミを入れていたが、誰も聞いていなかった。

リタとエミリーは頬を膨らませるわたしを見て、快活に笑っていた。ついでにアベル王子も。

王子にまで笑われるなんて、王都にまで変な話が伝わらないといいんだけど。

「まぁ、あれは子供のイタズラ程度で済みましたけど、実際に危険な魔獣もいましたので、身を守る程度の武術や魔術は嗜《たしな》んでおります」

「グリフォン……いや、その、そうですか……騎士たちですら敵いそうもありませんが」

「さすがに騎士の相手はできませんわよ」

オホホと取り繕《つくろ》った笑いをしてみせるスピカさんだけど、昨夜の大暴れを目にしてしまったガストンとライオネルは引き攣《つ》った笑みを返すに留まっている。

「わたしもスピカさんみたいに強くなれるかな？」

「ラキに教えてもらったら強くなれるわよ」

「それは私としては勘弁してもらいたいなぁ」

ノイマンが冷や汗を流しながら、娘のリタの頭を撫《な》でている。

確かに娘が魔獣を一捻《ひとひね》りできるくらい強くなったら、微妙な気分になるだろう。

「わたしももっと強くなりたい！」

「僕としては、ほどほどで……」

拳《こぶし》を握って主張するエミリーと、ノイマンさんと似た表情を浮かべるアベル王子。

なぜ君がノイマンさんと同じ顔をしているのか、あえて聞くまい。

わたしはニヨニヨした笑みを浮かべつつも、沈黙を守った。

人の恋路を邪魔すると、ユニコーンに蹴《け》られて死んでしまうらしいから。

「あれ、街になんだか人だかりが……？」

グレンデルがようやく見えてきたという頃《ころ》になって、エミリーが馬車から乗り出し、進行方向を指さした。

そこには騎兵の一団と多くの荷駄が門の前で待ち構えていた。

「ああ、あれは僕を待っている騎士たちです」

「え、待って？」

「殿下を外にお連れしたので、街の外で合流し、そのまま王都に戻る予定だったのです」

アベル王子の今回の外遊は、街中に潜伏する襲撃者を避けるためのものだ。

街中にいる襲撃者を、逆に街中に拘束することでアベル王子の安全を図る作戦だった。

その延長で、こうして街中で合流し、そのまま王都に戻ってしまえば、街中の襲撃者はアベル王子を狙《ねら》うタイミングがなくなってしまう。

「敵の動きを徹底的に抑え込んでしまう作戦ね。悪くないわ」

スピカさんは頷《うなず》いてガストンたちの作戦を褒《ほ》めた。

近付く馬車の存在を知って、騎士の一騎が近付いてきた。

「殿下、お待ちしておりました。ご無事でしたか？」

「大丈夫、襲撃はあったけど、残党はすべて捕らえたから。後日こちらの騎士団に護送されるはずだよ」

「襲撃⁉　ヴェノムサーペントが現れたという報告は受けましたが……街の外にもまだ残党がいたんですね。よくガストン殿一人で……」

「いや、倒したのはこちらのティスピンさんとスピカさん」

「へ？」

アベル王子に指示されたわたしたちを見て、ぽかんと口を開ける。

そりゃあ、ラキならともかく、子供のわたしやたおやかなスピカさんを示されたら、驚くだろう。

硬直した騎士を無視してアベル王子は馬車を降り、わたしたちに向けて一礼する。

「短い間でしたが、皆さんにはお世話になりました。また機会がありましたらよろしく」

「王子様も元気で」

「はい」

わたしの言葉にとても可愛《かわい》らしい笑顔を浮かべた。

そしてリタの前に進み出て、手を差し出す。

「リタさんも、できればまた会いたいです」

「わたしも、また一緒に遊びたいな」

「その時はぜひ」

幼い二人の交流に、大人たちは微笑《ほほえ》ましい思いで見ていた。

おそらくリタとアベル王子はもう会うことはないだろう。それくらい、二人の身分差は違いすぎる。

今までの邂逅《かいこう》が奇跡なのだ。

「皆さんも元気で。それでは」

もう一度一礼してから、アベル王子は騎士団の方に歩いていく。

その後ろをガストンもついていこうとして、一度こちらに振り返った。

「世話になった。そして……また世話になるかもしれん」

「え?」

「今はまだ告げられん。すまないな」

そう言い捨てると、こちらの返事を待たずにアベル王子の後を追って行った。

「なんだろ？」

「さぁ？　俺《おれ》に人の思惑の機微は分からないからな」

ラキは軽く肩を竦《すく》め、他《ほか》の人に聞こえないように答えた。

スピカさんも、なにも言ってこないので、特に意味はないのかもしれない。

ライオネルさんもアベル王子に一礼して、馬車を動かし始めた。

グレンデルの門前にいる遠征騎士団を迂回し、門へ向かうことにした。

遠征騎士団が居座っていた影響で、門前は酷《ひど》い混雑になっていた。

特にこの西門付近は港との交易もあるので、人の流れが多い。

そこを騎士団が堰《せ》き止めていたせいで混雑してしまっていたらしい。

「最後まで、騒々しいというか……」

「まぁ、軍隊なんて動けば騒動になるばっかりだから」

「それをライオネルさんが言うんですか？」

「私はその軍隊の財布を管理しているからね。そういうのはよく分かるよ」

軍隊のお金と物資を動かす仕事なんだから、それが街に及ぼす影響もよく知っているというところかな？

ウィーザン隊長は心当たりがあるのか、耳を押さえて聞こえていない振りをしていた。

もうすぐ騎士団の訓練場ですし、そこで解散ということに……あれ？」

馬車は騎士団で用意してくれたので、そこに返しに行く手間を省くために、そう言ったのだろう。

しかし進行方向の騎士団の建物は、なぜか半壊していた。

「なんで、建物が⁉」

ノイマンさんが驚いたような声を上げる。しかしその原因はすぐに見えるようになっていた。

「あれ？　あそこにいるのって……ヴェノムサーペント？」

壊れた建物に埋もれるように、十メートルはあろうかという巨体が見えてくる。

「まさか……あのドラゴンが投げ捨てたやつか？」

ウィーザン隊長がぽつりと呟《つぶや》く。その言葉に、わたしはラキがドラゴン形態で投げ捨てたヴェノムサーペントの行方《ゆくえ》を思い出した。

あの時ラキは、背中越しに投げ捨てるようにヴェノムサーペントを投げ上げていた。

わたしたちはその行方をまったく気にしていなかったけど、それが偶然グレンデルの騎士団に落下したのだとしたら？

スピカさんもその考えに至ったのか、わたしと同時にラキの方に視線を向ける。

ラキはその視線にいち早く反応し、視線を合わせないように上を向いていた。

お説教をしたいところだけど、ラキがあのドラゴンと知られてはいけない。

秘密のおかげで、わたしたちは冷たい視線をラキに向けることしかできなかった。

「あー、ティスピンちゃんじゃない！」

その時冷たい空気が流れるわたしたちに、明るい声をかけてきた人がいた。

視線を向けると、こちらに駆けてくる一人の女性。以前ゴエティアと出会う事件で護衛を務めてくれた傭兵《ようへい》、コーディだ。

「ちょうどよかった。ヴェノムサーペントの解体に駆り出されちゃってさぁ」

馬車のそばまで駆け寄ってから、捲《まく》し立てるようにそう言ってくる。

通常、解体には解体業者の協力組合である解体ギルドが出てくるはずだ。

なのに傭兵ギルドが出てくるというのは、少し変に思える。

「どうして傭兵が？」

「あいつらの皮とか鱗、めちゃくちゃ硬いのよね。だから解体ギルドの連中じゃ、皮を切れないのよ」

傭兵たちは魔獣と戦うために、大半は身体強化の魔術を使える。その力を当てにして協力を申し出たのだろう。

「なるほどねぇ」

「でも私たちは魔獣の体の構造とか知らないじゃない？　なんか言いなりで『あれ切れ』とか、『あそこは切るな』と上から目線で言われちゃってさ。ちょっと空気が悪いのよ」

腰に手を当てて、あからさまに不満を口にしてくる。

その気持ちは分からないでもないが、わたしに言われましても。

「それで、なぜわたしのところに？」

「あー、それね。ティスピンちゃんって魔獣に詳しかったじゃない？　だから私たちに代わりに指示してくれないかなって」

「いやいや、わたしみたいな子供に言われましても」

「むさいオヤジの指示より、可愛い女の子の指示の方が、私たちもやる気が出るのよ。大丈夫、ヴェノムサーペントはもう死んじゃってるから、毒はもう出てないわ。安全よ」

ビシッと親指を立ててくれるのはいいが、このタイミングはどうだろう？

わたしはスピカさんを見上げてみると、彼女も苦笑をして親指を立てて返した。

これは行ってきてもいいという合図かな？

「でも、わたしはヴェノムサーペントって知らないんだよね」

「こっちの解体ギルドの連中も、知らないことが多いって言っていたわ。ほとんど出会うことがない魔獣だもの」

腐ってもドラゴンの亜種。その身体は素材の宝庫と言える。その分遭遇率は低く、知識でしか知らない解体ギルドの職人も多いみたいだ。

そう考えれば、わたしの知識でもなんとかなるかもしれない。陸棲《りくせい》魔獣や他の魔獣の知識を流用すれば、なんとかなるだろう。

「うーん……あまり自信はないけど、行ってもいいみたいだから、手伝う。エミリーとリタも、また今度ね」

「うん、行ってらっしゃい」

「がんばってねー」

エミリーとリタが手を振ってくれるけど、なんでわたしだけこんな目に遭うんだろう？

無駄に負わなくていい苦労を背負ってる気がしてしかたがない。

でもまぁ、頼りにされるのは気分が良いので、できる限りは手を貸したいとも思う。

そんな扱いやすい性格だから、こうして手を出して目立ってしまう気もしないでもない。

でも、そうやって過ごす毎日も、楽しいから良しとしよう。

「あー、そこダメ！　その下にきっと毒腺があるから⁉」

危ないところに刃物を突き立てようとしていた職人に、注意の声を飛ばしながら、わたしは駆け出したのだった。

余話 ✦ 発端となった男たち

謁見の間に通されたガストンは、現国王に今回の遠征について報告していた。

「それでは、遠征は問題なく進んだのだな?」

「ハッ、予想通り襲撃はありましたが、それはメニス帝国によるものでした」

「メニスか……単独だと思うか?」

襲撃と聞いても一切《いっさい》表情を歪《ゆが》めず、淡々と話しかける国王。

そこに人間的な温かさは欠片《かけら》もなかった。

「海賊行為に関しては。ですがそれ以降の活動は国内の協力者抜きには難しいかと」

国内にある隠し砦《とりで》の位置や、上陸訓練場近くの洞窟の場所。

それらは国内に熟知していないと知りえない情報だ。

つまり今回の騒動、国力を削ぎたい国外勢力と、アベル王子を排除したい国内勢力が手を結んだ可能性があった。

「ふん、国内の協力者か? 動機を持つ者は数えるほどしかおらんな」

冷徹であるがゆえに国王は国に対して実に忠実だった。

そういう国王の態度は臣下も知るところであり、『国のために動く』という一点に関しては、一定の評価を得ている自信は自他共にあった。

そんな国王に反発する者も、少数ながら存在する。そしてその存在は国王にも知られていた。

「第一候補としては、余の弟だな」

「……申し訳ありません、それに答えるには微妙な立場ですので」

「そうであろうな」

王太子の護衛騎士とはいえ、一近衛《このえ》騎士。王家の人間の批判を軽々に口にしていい立場にはなかった。

「ゴホン、王太子殿下は遠征軍の指揮官として市井《しせい》にも頻繁に顔を出し、民草にも好印象を与えたことは確実でしょう。その働きは充分評価されるべきかと」

「ならばよし」

「ただ一点、お伝えせねばならぬことが」

「なんだ？」

常に簡潔明瞭《めいりょう》に報告するガストンが珍しく言葉を濁す様子に、国王は訝《いぶか》しむ。

頭が固い印象がある彼だが、王家への忠誠心は国王の知るところである。

そんな彼が言い淀むとは、実に珍しい……というか国王も初めて見た光景だ。

「その、王女殿下が……見つかりました」

「なに？」

最初、ガストンがなにを言っているのか、国王は理解できなかった。

しかし、その意味が脳に浸透すると同時に、驚愕《きょうがく》で頭が真っ白になっていく。

「バ、バカな！　貴様が処分したのだろう、ガストン⁉」

「はい。オースの海岸に、確かに」

「それがなぜ、今頃《いまごろ》になって……！」

「ラキとスピカという二人に拾われ、生き延びていたようです」

「何者だ、その二人は！」

玉座のひじ掛けをドンと叩《たた》き、怒りも露《あら》わに詰問する。

しかしガストンとて、二人に対して詳細を知っているわけではなかった。

「辺境の孤島出身という話でしたが、詳細は分かりません。グレンデルの移民局も、把握しきれていなかったようです」

「我が国の移民対策はそこまで雑だったか？」

「いえ、移住資金はしっかりと支払われており、職にもついておりますので、最低条件は満たしております」

ガストンの淡々とした報告に、国王は苛立《いらだ》たし気に舌打ちする。

国王としてはあり得ない態度だが、これぱかりはガストンも心情を理解できた。

「貴様は王女と知りながら、なにもせず戻ってきたというのか！」

「アベル殿下の護衛もありましたので、畏れながら手が足りませんでした。他《ほか》に協力を求めるわけにもいかず。それに保護者二人の目や、本人の戦闘力も侮《あなど》れず」

「本人だと？」

国王は自分に戦闘に関する技能がないことを把握していた。そしてそれは、王妃に関しても同じだ。

戦いの才のない自分たちの娘が、優れた戦闘能力を持っているという話が信じられない。

「人違いではないのか？」

「黒髪に琥珀《こはく》の瞳《ひとみ》、肩の後ろにあざがあったという話も確認いたしました。間違いはないかと」

「確かに稀有《けう》な組み合わせの色ではあるが……」

そこまで聞いて、国王は深く考え込む。

確かに国王の娘はその色合いの髪と瞳をしていたし、肩の後ろに小さなあざもあった。

だがそれだけでは、確実とは言えない。

「実際にあって見なければならんか？」

「……陛下、無理にお会いになる必要もないのでは？」

普段から命令には忠実なガストンの諫言《かんげん》に、意外な想《おも》いで見下ろす。

ガストンは深く項垂《うなだ》れたまま、国王へと言葉を続けた。

「王女殿下はすでに死亡したと公言しております。また、市井にてなにも知らずに育っておりますれば、要らぬ手出しは混乱を呼ぶだけかもしれません」

「……確かにそうかもしれぬ。だが、王家の血の無駄な拡散は避けねばならぬし、その行方《ゆくえ》は把握しておかねばならん。至急その娘を城に呼び寄せ、真実を確認せよ」

「……ハ、承知いたしました」

この答えを予想していたのか、ガストンはそれ以上の反論はせず、深く一礼するのだった。

◇◆◇◆◇

久しぶりに屋敷に戻り、ラキは真っ先に酒蔵の様子を見に行った。

今回の海水浴はオース大陸では体験できない旅行だっただけに、ティスピンにとって良い体験になったと考える。

しかし余計なトラブルもあったことも事実で、それだけが少々不満に感じていた。

「まぁ、子供に経験は宝だからな」

ぼそりと、小さく呟《つぶや》いて酒種の攪拌《かくはん》を続ける。

そんなラキに、語りかける者が存在した。誰一人、この酒蔵には存在しないはずだったのに。

「なら、実験は中止にしたらどうなんです？」

ラキはその声に驚くことなく、背後を振り返った。

そこには、壁際《かべぎわ》で壁に身を預けるディア――グローディアの姿があった。

「お前か」

「今のままでは、彼女が可哀想《かわいそう》ですよ？」

「……自覚はある。だが、これしか手段が思い浮かばない」

「今のままでもいいんじゃないですか？」

ディアの言葉に、ラキは答えを返さず、沈黙で応《こた》えた。

「私にとっても、レクストラキアはあなただけです」

「だからこそ、俺《おれ》は耐えられなくなったんだよ。これまでも、これからも、俺は人に憎まれ続ける」

滅界邪竜であるラキは創世神グローディアと表裏一体の存在。決して手出ししてはいけない存在だが、同時に憎むべき破壊神でもある。

「滅界邪竜である以上、俺は俺のまま、憎悪の対象になり続ける」

「だから彼女に『代替わり』をさせると？」

ラキの目論見《もくろみ》はほぼ成功しており、ティスピンはすでに人の飛び越えた存在になっている。

だからこそ、残り時間は少ない。

「お前の心配はありがたく思う。だがもう後には引けんのだ」

そう告げると、ラキは以降沈黙を守り、一心不乱に酒造りに励んだ。

グローディアもそれ以降はなにも語らず、いつの間にか姿を消していたのだった。

あとがき

皆様、お久しぶりです。鏑木《かぶらぎ》ハルカです。

この度はドラゴンズロアの魔法使い2巻をお手に取っていただき、ありがとうございます。

少女たちの日常と大暴れを描く今作ですが、じわりと裏で動く者たちが出てくる今巻。不穏な気配も出てきました。

そして影でシリアスが進行しているラキや新キャラたち、姿を消した旅商人のトニーの動向も気になるところです。

私も彼らの今後を書くことを楽しみにしております。

なにせティスピンたちは、物理的には世界最強レベルですので、トラブルに巻き込んでも大抵力尽くでなんとかしてしまいます。

いかに彼女たちの力を発揮させずにトラブルに巻き込み、逆にその力を存分に発揮させてスカッと解決に持っていくか、私の力量が問われる展開になるでしょう。

そして最強のドラゴン少女であるティスピンだけに、巻き込みたいトラブルや活躍の場などは沢山思い描いております。

それらをお披露目できるまで、私も頑張っていきたいと思います。

この作品を書いてから、いろんな本や映画を見るたびに、『ここにティスピンがいたらこんな大暴れしちゃうんだろうなぁ』という想像（妄想）が脳裏によぎります。

それに、ティスピンの能力もまだまだお見せしきれておりませんし、その力の使い方もアイデアはございます。

もう少し成長して、子供から抜け出した彼女たちも描きたいですね。

まだまだ先の展開の活躍に思いを巡らせるくらい、彼女と彼女の友人たちは、私にとっても楽しいキャラとなっています。

今後も彼女たちの活躍をお送りできれば幸いです。


それから私にとって、ドラゴンに変身する少女という設定は、わりと大好きなシチュエーションになります。

他社様の作品で恐縮ですが『英雄の娘～』でも、それを切り札にしていました。

作品を書いていると、やはり作者の嗜好というものが作品に反映されてしまうもので、私にとっての『嗜好』は、きっとここに現れているのでしょう。

最近の作品ではわりと噛ませな役割の多いドラゴンですが、私にとってはやはり力の象徴。

『最強』の代名詞と言えばドラゴンという考えですので、ティスピンたちには存分に暴れてもらいたいと考えています。

そのためには、少しでも長く、面白い作品を提供し続けねばなりませんね。

目指す展開を目指して、精進したいと思います。

さて、制作上の話になりますが、やはり作者の楽しみと言うと上がってくるイラストがあります。

特に和狸先生のイラストラフはカラーで送られてくるため、毎回非常に楽しみにしております。

モノクロに直されるのがもったいないくらい、可愛らしいキャラたちを楽しめるのは、作者ならではの楽しみと言えるでしょう。

今回も、非常に可愛らしいティスピンを描いていただき、非常に感謝しております。

上目遣いのおねだりティスピンなど、私なら速攻で頭を撫でちゃいますね。

表紙もとても賑やかで、見てるだけで楽しい気分になってきます。

反面、細々とした私の指摘に応えていただいて、申し訳なくも思っています。

ドラゴンズロアでは小物などにもこだわってみようと思い、実際に存在する山刀を参考にしたりしていますが、そのために和狸先生には何度もお手数をおかけしてしまいました。

私の面倒な指摘に対応していただき、この場を借りてお礼申し上げます。
そして今作も手に取っていただいた読者の皆様にも、最大の感謝を。
少しでも皆様の無聊を慰める手伝いになれば幸いです。
それでは、また次の本でお会いしましょう。

鏑木ハルカ。

ファンレター、作品の
ご感想をお待ちしています

〈あて先〉

〒105－0001
東京都港区虎ノ門2－2－1
住友不動産虎ノ門タワー
ＳＢクリエイティブ(株)
GA文庫編集部 気付

「鏑木ハルカ先生」係
「和狸ナオ先生」係

本書に関するご意見・ご感想は
右の QR コードよりお寄せください。

※アクセスの際や登録時に発生する通信費等はご負担ください。

https://ga.sbcr.jp/

ドラゴンズロアの魔法使い 2
～竜に育てられた女の子～

発　行　　2024年 1月31日 初版第一刷発行
著　者　　鏑木ハルカ
発行人　　小川　淳

発行所　　SBクリエイティブ株式会社
〒105－0001
東京都港区虎ノ門2－2－1
住友不動産虎ノ門タワー
電話　03－5549－1201
03－5549－1167（編集）

装　丁　　AFTERGLOW

印刷・製本　中央精版印刷株式会社

ISBN978-4-8156-2148-3
Printed in Japan

GA文庫

異端な彼らの機密教室１　一流ボディガードの左遷先は問題児が集う学園でした
著：泰山北斗　画：nauribon

GA文庫

海上埋立地の島に存在する全寮制の学校、紫蘭《しらん》学園。その学園の裏側は、様々な事情により通常の生活が送れない少年少女が集められる防衛省直轄の機密教育機関であった。

戦場に身を置くボディガード・羽黒潤《はぐろじゅん》は上層部の意に反して単独でテロを鎮圧した結果、紫蘭学園へ左遷される。生徒として学園に転入した潤だが、一癖も二癖もあるクラスメイトが待ち受けていて――

学生ながら"現場"に駆り出される生徒たち。命の価値が低いこの教室で、伝説の護衛は常識破りの活躍を見せる!?

不遜×最強ボディガードによる異端学園アクション開幕！